校对女孩

第二季

河野悦子，平凡不简单！

［日］宫木彩子 著

许金玉 译

中信出版集团·北京

图书在版编目（CIP）数据

校对女孩：河野悦子，平凡不简单！．第二季 /
（日）宫木彩子著；许金玉译．-- 北京：中信出版社，
2018.8
ISBN 978-7-5086-8784-1

I. ①校… II. ①宫… ②许… III. ①中篇小说—日
本—现代 IV. ① I313.45

中国版本图书馆 CIP 数据核字（2018）第 054011 号

校对女孩：河野悦子，平凡不简单！（第二季）

著　　者：[日] 宫木彩子
译　　者：许金玉
出版发行：中信出版集团股份有限公司
（北京市朝阳区惠新东街甲 4 号富盛大厦 2 座　邮编　100029）
承 印 者：北京盛通印刷股份有限公司

开　　本：880mm×1230mm　1/32　　印　　张：6.75　　字　　数：118 千字
版　　次：2018 年 8 月第 1 版　　印　　次：2018 年 8 月第 1 次印刷
京权图字：01-2018-3590　　广告经营许可证：京朝工商广字第 8087 号
书　　号：ISBN 978-7-5086-8784-1
定　　价：39.80 元

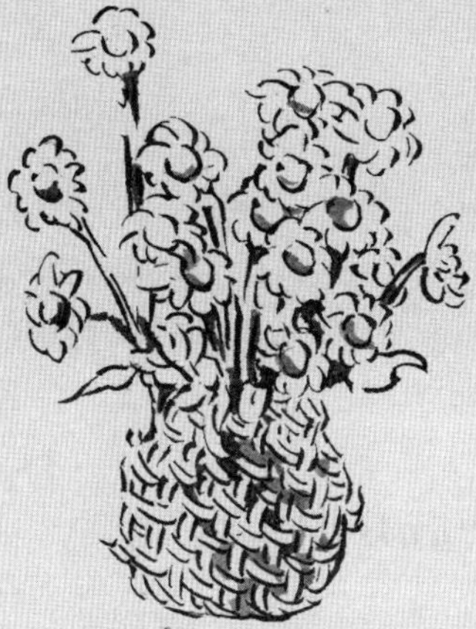

Contents

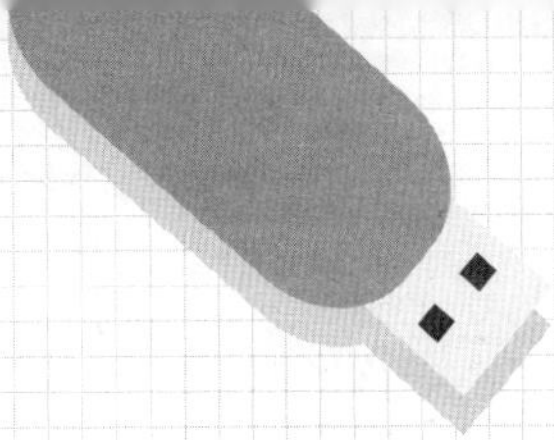

目录

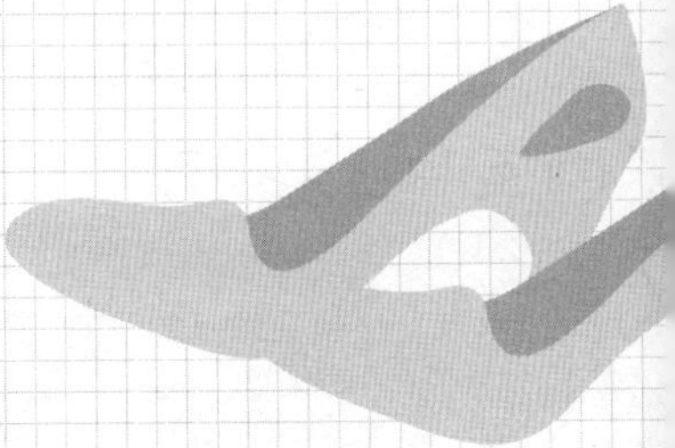

Part 1

第一话
校对女孩身边的女孩——

森尾

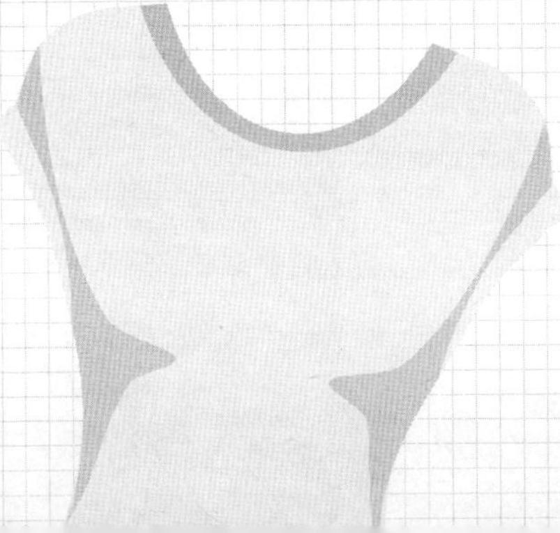

这一季身为主角的我几乎不会出现，所以就在这里登场。研习笔记之一到之六请看已出版的《校对女孩：河野悦子，平凡不简单！》第一季！

悦子的研习笔记　之七

【括号（parenthesis）】经常在这部小说里出现的这个符号（　），以及长得类似这个形状的符号总称。〔六角括号〕和［方括号］很难区分。还有〖空心方头括号〗好像在念咒语一样，我很喜欢。另外，虽然和海盗与船长谈判时发出的咆哮声很像，但那个写作“parlay”的词是海盗的术语，有谈判和打赌的意思。两者在日常生活中都不常用。

“咦，森森，你现在是 Editor（编辑）吗？”

对方用打从心底感到惊讶的尖锐嗓音问道。

“啊……嗯。”

而我也只能含糊无力地回应。其实应该说是“The · 编辑者”才对。

在景凡社公司所在大楼的大厅，才走出电梯，准备要外出进行拍摄工作，就被 *Lassy* 的读者模特儿田端凯瑟琳叫住了。时隔七年不见，她居然直到现在还记得我，而且过了七年还认得出我来，真让我吓了一跳。只是我当年的艺名“森森”也太丢人了！

“Unbelievable（不敢相信）！我还以为森森一定会在国外呢！”

我也这么以为呢——我把这句话吞回肚子里，勉强挤出笑容。

既聪明又可爱，还是归国子女[1]，读过贵族女子学校，精通英法日三国语言的精英分子（用社内大叔们的用语来说就是“双语才女”。少了一个国家，不要忽略明摆着的第三国语言好吗？）——这就是七年前的我身上的光环。但现在，我变成了既聪明又可爱，却因为工作量太过庞大，连带整个人也跟着黯淡无光的出版社职员（用时下年轻人的用语来说就是“社畜”）。

“是哪一本杂志？现在要出去采访吗？”

“*C. C*。不是采访，是要准备拍摄。”

“负责拍的吗？好辛苦啊！”

“负责拍”这种话，想来是经历过“被拍”的人特有的说法。七年前，我也当过景凡社以女高中生为读者群的时尚杂志 *E. L.Teen* 的读者模特儿[2]。凯瑟琳也是。当时如果有人问到我将来的梦想，我一律回答“我想成为外交官”。因为父亲一直在海外工作，所以我直到上初中之前，都在各国的日本人学校之间不停转学，但只对中国香港和比利时有印象。老家墙上还挂着在雅加达拍的全家福，但那时候我还太小，所以

① 归国子女：在日本，指因工作关系在海外生活一段时间后回日本的人的子女。——编者注

② 读者模特儿：指没有隶属于某个经纪公司或某个杂志，只是一个普通的未入演艺圈的人，与专属模特儿不同。——编者注

完全没有记忆。

高中一年级的后期，跑到西麻布玩耍时被 *E. L.Teen* 的专栏写手叫住，就那么顺水推舟地成了读者模特儿，一直持续到高中三年级的夏天。当时凯瑟琳已是颇有名气的 E.L. 女郎了（读者模特儿），就读国际学校，服装打扮总是走在流行最尖端。因为大我一岁，所以一起拍摄的时间只有一年，不过因为身高和气质相似，所以除了拍照以外，我们两人也经常一起担任活动的特派员。

她不知道“森森”毕业以后的人生经历。但是，森森很清楚凯瑟琳在高中毕业后过着怎样的生活。从国际学校毕业后就动身前往美国，毕业于加州的大学，但没有留在当地工作，因为想念奶奶、爸爸、妈妈和弟弟妹妹们就回国了。回国后进入日本的大型唱片公司任职，现在则是面向传媒担任品牌代言人的当红 Lassy 女郎。一连串的人生际遇像做梦般美妙而不真实。

——终于还是撞见了吗？

我在心里头咂嘴，凯瑟琳自然没有发现。

“遇到你好高兴啊！哎，告诉我你现在的联系方式！啊，问我的责任编辑就好了嘛！那我赶时间，下次再见喽，Bye——！”

用英语滔滔不绝地讲完，凯瑟琳就旋风般冲进了电梯。

现场飘散着比她当年身上要成熟许多的香水味。

怎么还没开始工作，就觉得心力交瘁呢——重新背好肩膀上又重又大的包包，走出自动门，早晨的阳光耀眼得让熬了整夜的双眼刺痛不已，我忍不住皱眉。不行不行，这样会变老的！

编辑栏上印有我名字的杂志 *C. C* 都是提前一个月在 1 号发售，所以如果是 1 月号，发售日期就是 12 月 1 号，拍摄工作必须在 10 月初到 10 月中旬之间完成。虽然 1 月号感觉是新年的第一期，但向来都提前一个月发售的女性杂志，1 月号清一色是圣诞节特辑。听说十年前的 *C. C* 曾推出声势浩大的“圣诞礼物特辑”，杂志一半以上都是和品牌的合作广告页，为了拍摄饰品和手表等琳琅满目的精品，每天都马不停蹄地拍到大半夜。而在我还上幼儿园的时候，面向较高年龄层的杂志如 *Lassy* 和 *Every*，1 月号的杂志还会推出皮草特辑。当然另外也有礼物特辑，但包包和饰品的价格就高达七位数。因为母亲在国外时曾订购日本的杂志来看，所以我有印象。

上午九点，从外拍巴士上拿出服装和饰品，穿着大衣和皮革外套的三名模特儿站在即将开门营业的两层楼餐厅的大厅里，遵照着摄影师的指示摆出姿势。我、造型师和写手三个人凑在摄影师助理操作着的平板电脑旁边，检查照片，看到有满意的以后，再请模特儿换个新的姿势。

团体照的第一轮拍摄结束后，接着要拍独照的模特儿和造型师移动到餐厅内部，我则带着另外两人和造型师的助理回到外拍巴士上。其中一名模特儿正换上下一轮拍摄要穿的服装，造型师在替她整理造型，先在旁待命的模特儿纱希开口问我：

“森尾小姐，这次1月号的封面女郎是谁呀？”

“实里香。”

我回答，于是不只纱希，连正做着造型的艾莲也哑然失声，朝我瞥了一眼。造型师早就知道了，所以只是安静地继续手头的工作。

纱希和艾莲都是与模特儿经纪公司签约的职业模特儿。但是，实里香却是去年才开始在*C. C*上露面的读者模特儿，还是编辑部的职员不惜把触角伸到地方大学的校花选拔所挖掘到的门外汉。截至目前，都是由职业模特儿拍摄封面，这次也是*C. C*首次尝试让读者模特儿担任封面女郎。我在气氛凝结的车内直冒冷汗，很怕她们会突然开始哭天抢地，害得化妆师把我臭骂一顿。岂料——

“嗯……毕竟实里香很可爱嘛。”

艾莲只是语带感慨地这么说，纱希也回应道：“嗯，是很可爱呢！”我这才放下心头大石，却也有点反应不过来。这种时候不是应该要大发脾气，追问“为什么！”吗？但是，后来现场的气氛也没有出现任何变化，拍摄顺利进行。两个女孩子甚至只因为拍摄空当提供的便当很好吃就欢天喜地，让人不禁露出欣慰的笑容。

餐厅十一点开门营业，所以必须在营业三十分钟前收拾完毕。因为主题是女孩子们的圣诞派对，就在众人十万火急地收拾着装饰在四面八方的圣诞树、蜡烛和进口点心时，其他杂志的拍摄团队从二楼走了下来。和我们不一样，造型师揣在怀里的服装全是暗色系，架上还挂着绝不会刊登在 *C. C* 杂志页面上、闪着银色亮光的狐毛长大衣。是哪个杂志的拍摄小组呢？我聚精会神地观察，造型师助理就凑到我耳边悄声说：

“是 Culture Japan（文化日本）旗下的 *un jour*。”

Culture Japan 是只专注在时尚领域的出版社，旗下只出版两本时尚杂志和生活写真书。我心领神会地点点头，一名四十岁上下的女性看向我，身上穿着高级时装，似乎是责任编辑。在她身旁是位北欧系的白人模特儿。编辑不知为何往这边走来，轻轻点头致意后，递来名片。

“你是责任编辑吗？”

“啊，是的。您好，我是景凡社 *C. C* 杂志部门的森尾。”

我也急忙从口袋里掏出名片，与对方交换。Ena Yatsurugi 这行名字上方，印着“rédactrice en chef adjointe”。

“我们在二楼拍摄，希望没有打扰到你们。”

“没有，完全没有。不过，Culture Japan 的副总编居然会亲自到拍摄现场，真让人惊讶。”

看了名片，我老实地说出自己的感想，对方显得有点惊讶，但马上回答：“是啊，重要的拍摄我一定会到。”她看向我们这边与白人模特儿相比之下明显矮上许多又没有完美比例的模特儿们，露出了菩萨般和蔼的微笑。看见她的表情，我才惊觉其实根本是在一楼拍照的我们打扰到了她们。刚才是反讽。真的很对不起——正想要低头道歉时，对方已经带着模特儿走出了餐厅大门。

她好像是时尚界出了名的编辑，纱希和艾莲还开心地发出了尖叫声：“第一次看到本人啊！”明明 *C. C* 的销量是 *un jour* 的三倍，历史也更悠久，早在三十年前就创刊了。杂志上的商品也都在读者只要努力一下就能买到的价格范围内，而且非常实用。然而综观整个时尚界，反而是刊登的商品都是日常生活中根本用不到、价格也昂贵到一般人买不起的 *un jour*，有着高人一等的地位。真是让人匪夷所思。

“喂，纱希，你以后想登上那本杂志吗？”

望着鱼贯而出走上外拍巴士的 *un jour* 摄影小组，我问抱着摆设用礼物盒的模特儿。

“没想过，反正我也不可能嘛。可还是很向往啊。那边也不用帮忙收东西吧。”

“不好意思，因为人手不足，每次都要麻烦你们。”

“已经习惯啦，这样也很好玩啊。好像文化祭[①]一样。”

在巴士司机的催促下，纱希和我手忙脚乱把东西搬出来。接下来要在棚内拍照，前往摄影棚期间，三名模特儿看着写手画的草图和实际上要穿的衣服照片，像群女高中生一样兴奋得叽叽喳喳。短版狐毛毛衣和立体的伞状中长圆裙非常有女人味，却刻意搭上了阳刚的双扣式孟克平底皮鞋，别出心裁的搭配让三个人为之疯狂，讨论着每个人都要各买一套。

“哎，森尾小姐，今天会有便当吗？”

“有啊。还是大手笔的三河屋。”

“好棒——！”

真是群好孩子。虽然有些多管闲事，但好像太乖了，反而让人担心。你们到底把在这社会上生存所需的“竞争意识”和“好胜心”丢到哪里去了呢？

结束了为期两天紧锣密鼓的拍摄工作，就要面对 12 月号的终校。这次因为多了前往韩国取材写成的特辑，所以整整

---

① 文化祭指在校园中出现的类似于对外开放的文艺节的节日活动。——编者注

三天都得校对到三更半夜。终校结束的周末还要参加时装展，收到 1 月号的照片时已经是星期一了。

“咦？你认识凯瑟琳吗？”

在一家叫“The · 居酒屋”里，悦子一边挑着竹筴鱼干骨头，一边激动地喊着。

“认识是认识……嗯。”

但是，我的回答还是含糊无力。这位散发着异于常人的气势，一心想成为 *Lassy* 编辑的校对部同期同事，当然对凯瑟琳了解得比我还详细。准确地说，她已经把 *Lassy* 所有专职模特儿的个人资料都记在脑海里了。虽然很羡慕她惊人的记忆力，但她的记性却只能发挥在流行趋势与时尚杂志上，让人感到非常遗憾。

悦子一再追问认识的过程，我只好一五一十道来。一边还心想着，之前没说过吗？但如果说过，悦子一定会记得，所以是真的没说过吧。

“东京的女高中生真好，都可以有这种缘分！”

悦子带着无比羡慕的表情用力叹了口气。

“不，我是横滨人。”

“都一样啦！”

“才不一样！就通勤时间长到必须自己一个人在都内生活这点来看，根本就跟你一样好吗！”

“才一个小时而已就嫌长，少瞧不起栃木了！”

“栃木？那是县还是市啊？”

“是县！Prefecture！你这个归国子女给我记好了！栃木还是日本扬名国际的干葫芦丝的名产地哦！”

极力主张干葫芦丝是一种能够提升女性魅力的少女食物的悦子，是从外县市来到东京，没有任何门路，只靠“对女性时尚杂志的热情”就进入景凡社的稀有女职员。不光景凡社，出版社和电视台等传媒业的女职员很多都是靠关系走后门进来的。我的情况也不知道算不算是走后门，在参加面试的时候，担任面试官的编辑凑巧在我当读者模特儿时很欣赏我。至于另一位同时期进景凡社的女职员藤岩，则是完全靠着实力与学历进入公司，但整体而言，业界多的是有亲戚当靠山的女性员工。

幸好悦子习惯“阅读比自己的年龄层更高一级的女性杂志”，如果她看的是面向自己年龄层的杂志，比如 *E. L.Teen*，她就会发现当年的“森森”。那个当年故意把森尾登代子这么老气横秋的名字藏起来，装模作样地取了像外国人的名字，还一脸不可一世，丢脸丢到家的我。虽然这么说是过分了点，但“悦子”也是很老气的名字。明明我们那个年代的女孩子都取了可爱的名字，为什么我和悦子的父母却为我们取了这么过时的名字呢？就连另一位同期，文艺编辑部那位宛如钢铁处女的藤岩，名字也叫作“梨音”。藤岩梨音。根本和本人不搭。

十点过后和悦子挥手道别，十一点前抵达公寓。难得可以这么早下班，却只找得到悦子一起吃饭，我对这样的自己有些失望。但是，大学时期的朋友也几乎都在传媒行业工作，不然就在国外，当天才约他们根本不会有空。

冲了澡，换上居家服，也没有心情看SNS（一种社交软件），随手从书架上抽出几本当年的*E. L.Teen*杂志，坐在沙发上摊开来看。上班以后，我才开始一个人生活，但那时候说不上来为什么，就把自己出现过的杂志也一并搬到了新家。

低头一看，七年前的我把染成了深棕色的头发烫成大波浪卷，穿着旨在主张“比起受欢迎先要惹人疼爱”的可爱衣服，潜入引领女高中生时尚风潮的朋友在六本木俱乐部举办的圣诞节派对，和凯瑟琳两个人，假装自己是在现场报道实况的记者。

看照片上的表情，当年的我想必很快乐吧。高中毕业以后，也很少去六本木那一带了。那时候玩在一起的女孩子们，现在肯定也都成为优秀的社会人士了吧。

我对现在的生活并没有不满。不，不满当然很多，好在薪水已经比同龄人的平均工资要高，工作也很开心。可是，要是当年考上东大，而不是W大。后来要是当上了外交官。

假如考上了外交官——

现在的自己又会身在哪里？有着什么样的表情呢？

高中三年级的夏天，父亲在工作途中因为蛛网膜下腔出血突然倒下，就此撒手人寰。在孩子眼里，也觉得父亲的工作量异常庞大，所以死因多半是过劳吧。

像母亲这样陪伴丈夫到海外工作的女性，她们都没有自己要工作的概念。因为几乎所有公司都禁止外派时陪同前往的配偶在当地工作。所以父亲过世之后，我的母亲整日寝食难安地担心日子过不下去。但其实她不只领到了判定职业伤害的保险金，再加上父亲辛辛苦苦存下的积蓄，那些钱足够母亲一辈子生活无忧。况且母亲生来就是家境富裕的千金大小姐，只要回头向父母哭诉，根本没有什么好担心的。

然而，母亲却选择了最难走的一条路：不向父母哭诉，也不工作。

——登代子不会抛弃妈妈吧？你会留在我的身边吧？

面对丧偶的母亲，没有一个孩子能够狠心拒绝。当时正准备要去纽约的大学留学的我，只能乖乖点头遵从。可是我之前完全没有为了报考日本的大学而念书，只能花好几个月的时间苦读所有科目。但是，这个世界没有那么好混，我本来想考东大却果不其然落榜了。母亲偏偏又要面子，我们家本来有足够的钱供我重读，母亲担心别人质疑我们单亲家庭哪来那么多钱，她只想以可怜又穷苦的寡妇自居，于是我只好放弃重考，进入仅次于东大的 W 大就读。

起先一点动力也没有。我根本不想上私立大学，甚至觉得这里不是我应该待的地方，其实这只是不肯努力的没用的废人经常挂在嘴边的老套台词罢了。

美国的大学入学相对容易，但要毕业却难如登天。每天都有做不完的作业，还得用功读书才能修到学分，往上晋级。我认为大学本来就是这样的地方，想学习的人就主动努力学习晋升。但是，日本学生的心态都是只要上了大学，一切就高枕无忧了。至少就我的观察，W大的学生大多数都是这样。

在这种情形下，经由 SNS 形成的小团体成了我唯一的救赎。小学到初一我都在中国香港和比利时度过，通过 SNS，我和当时的朋友恢复了联系。

那些朋友对我来说，都只是生命中的过客。因为外派时间通常是三年，就算成为好朋友，早晚也要回到日本，或者换去其他国家。那时候电子邮件还不普及，也没有持续写信的热情，所以朋友间的缘分都在离开时画下句点。但是，升上大学那一阵子，各种社群网站开始如雨后春笋般冒出，在搜索引擎里输入名字，就可以发现当年的朋友也在世界上的某个角落和常人一样生活着。同所大学内我就找到了三个人，与昔日旧友重逢后，便开始和他们一起行动。后来归国子女的小圈子慢慢扩大，一年之后，变成了大学内外加起来共有十五人的小团体。

换作现在，一般人大概会有些轻蔑地称呼我们为“自视甚高族”，但是，我们一点也不觉得自视甚高的自己有哪里奇怪。本来国外的日本人学校教育水平就比较高，再加上还经常听到这种威胁：“不用功读书的话，以后回日本在学校会被欺负。”中国香港的日本人学校每个年级只有五个班，比利时也只有两个班，日本的小孩都不甘落后地认真读书，不想输给其他同年级的孩子。结果回到日本以后，却为日本孩子的学力[①]程度之低而感到错愕。

我的情况还算好的，插班进了有归国子女名额的私立女校，所以落差还不算大。但听说过有人因为父母的教育理念而不得不去公立学校，结果却因为“比别人突出”而遭到霸凌，过得十分悲惨。

受过这种教育的孩子们将来会想在国外工作，可以说是自然而然的。事实上在日本成立的小团体里有一半以上的人，大学毕业后就去了国外。除了我以外，其他人也都从事与国外有往来的工作。

---

① 学力，是学习能力，动手能力和知识水平的简称。——编者注

进入社会，成了 *C. C* 的编辑以后，我就懒得再登录 SNS。但是，还是不想再一次与朋友们断绝联系。抱着沉重的心情打开页面，发现上周不期而遇的凯瑟琳发了好友邀请给我。我心灰意懒地按下确认，顺手点开她的页面，发现里头放满了显示出她现在的生活有多么充实又五光十色的照片。我的最新发文却一直停留在半年前，因为不知道要写什么才好。

安静地挑选着照片，把打印出来的照片裁切后贴在称作“制版指定纸”的大纸上，做出排版的草稿。特辑加上连载，我负责的页数共有十四页，前阵子在餐厅拍照的那部分已经完成了，于是我带着草稿前往两站外的设计事务所。这间事务所的规模相当大，旗下有将近四十位设计师，负责 *C. C* 的设计师小组总共八人。我在办公室角落的桌子和组长进行讨论，详细地交代指示内容以后，走进电梯准备要回去时，快要关上的电梯门又打开了。

“哎呀？”

带着呛人的香水味一起走进来的人，正是 Culture Japan 的八剑副总编（查过后发现汉字是这样写），一看见我，就投来了只能用“美艳”来形容的笑容。

“前阵子打扰您拍摄了，真是抱歉。”

我赶忙低头致歉。

"我当时并没有这个意思哦。不过，其实我们本来也想借用一楼的场地，好像是晚了你们一天呢。"

她没有任何责怪之意地对我说完，停顿了一会儿后，才又开口：

"哎，你……"

"我是 *C. C* 杂志部门的森尾。"

电梯来到一楼，我们顺势一起并肩走向车站。秋高气爽的蓝天下，在外出办事的上班族之间，不时可以看见打扮得时髦干练的女性背着当季的经典款包包，昂首阔步地走在路上，应该是同行吧。

"森尾小姐，你当编辑已经第几年了？"

"今年是第二年。"

"咦！ *C. C* 这么快就让你负责杂志内页了吗？"

"是，但我还是菜鸟，所以会分配写手给我，只有小型的拍摄会由我自己一个人负责。而且我从高中的时候就开始出入编辑部，所以大致上了解编辑的工作流程。"

"你以前当过编辑助理吗？"

"没有，纯粹只是读者模特儿。"

"哦，难怪。"

抵达地铁的入口，要走下楼梯时，八剑副总编一把抓住我的手说："可以给我十五分钟的时间吗？"然后不由分说，把我拖进了旁边的咖啡厅。

不愧是一流的编辑，很擅长引导别人说话呢——回答着八剑副总编的问题时，我忍不住这样想。在这十五分钟，她几乎问完了我的大半辈子。明明问得相当单刀直入，却一点也不会觉得不愉快。

但是，唯独“为什么会去景凡社”这个问题，让我回答不上来。也说不出为什么就变成这样了。真的。

同期的悦子怀抱着想成为粉领族杂志 *Lassy* 的编辑这个明确的梦想，凭借毅力进入了景凡社。同样同期的藤岩则是基于想成为文艺编辑的热忱，投身进了出版业。至于我，只是因为去不了国外。因为留在日本的朋友都从事传媒行业，所以也不由自主地跟随潮流。而且我还抱着天真的想法：如果当时照顾过我的编辑还在，工作起来也会比较轻松吧——结果参加面试的时候真的遇见了那位编辑，也就考上了。然后理所当然地，被分配到她现在担任副总编辑的杂志部门。也就是 *C. C*。

第二天在草图会议上把 3 月号要刊登的企划草图提交给总编和副总编，接受严格的检视。时尚界中，二月是服饰销量最惨淡的时期。在这种情形下要怎么让读者掏钱买衣服，或是编排出能让读者涌起购物欲望的版面，各个企划单元都看得出充分吸取了以前的教训。我所负责的企划，是“从鞋子开始迈向活力洋溢的春天！”和“从冬天到春天，展现变化的可爱彩妆指甲”。二者都不是我所构思的单元，但在 *C. C* 编辑部，提出企划案的人不一定会负责那项企划。而这两个企划案又不是主打特辑，所以没有分配写手给我，从头到尾必须自己全权负责。

拿着连同修正意见一起被退回来的草图，没来由地不想马上开始工作。我从隔开 *Lassy* 编辑部和 *C. C* 编辑部的书架上抽出这一期的 *un jour*（架上收集了各家出版社的所有时尚杂志，作为参考数据），回到自己的座位上草草翻阅。

——森尾小姐，你要不要跳槽到我们这里？

昨天临别前，八剑副总编直视着我的双眼说。我怀疑自己听错了。

——为什么？八剑副总编，你甚至没有看过我编排的杂志页面吧？

我甚至忘了改称“您”，脱口就问。

——我需要精通法语的编辑。再说你长得这么漂亮，不管派你去哪里，都上得了台面。既然去景凡社并没有什么特别的理由，一开始来我们这里就好了呀。

回答不出“为什么去景凡社”这个问题的我，被她看穿了我之所以入社“并没有什么特别的理由”。

——可是，现在的工作很有成就感，我也做得很开心。

——你会说法语又会说英语，年轻的时候还积累过经验。你真的觉得在那种无缘受邀参加国外时装展的平价杂志工作，可以发挥出你原有的实力吗？如果你觉得可以，那我也无话可说。

平价杂志。我知道高级时装杂志的编辑为了和我们这些杂志做区分，会这么称呼我们，但还是头一回亲耳听到。带着些许鄙视的语气划过心头，格外刺耳。

“森森，真难得啊，我还是第一次看到你看高级时装杂志。”

大概是我看得很认真吧，录用了我的副总编辑龟井小姐从斜上方向我搭话。我仰头看着她问：

“哎，龟井副总编，制作这种杂志的人，究竟脑子里都在想什么啊？不对，究竟都带着什么心情呢？”

“咦？怎么突然问这个？”

“因为，平常根本穿不到这些衣服啊。模特儿也是十一头身[①]的白人，我们日本人根本不能当作参考，况且一件外套就要六十八万日元，到底有谁会买呀？”

而且这本杂志的版面看起来非常轻松。每页通常都只有

---

① 十一头身：指头和身高的比例为 1:11。——编者注

一两张照片，再加上商品的文案和信息。回头去看我 3 月号负责的讲鞋子和指甲的专栏，每一页都密密麻麻不留缝隙地贴满了照片，还得一一加上文字说明，所以非常耗时耗力。但是，*un jour* 里不会出现这种像商品目录一样的页面。龟井副总编拉来旁边的椅子坐下说：

“在这世上，有些人就是活得比较靠近那个世界。其实真要说起来，我也一直觉得森森是属于那边的人呢，但想不到你在我们这里适应得蛮好的。”

继昨天之后，我再一次怀疑自己听错了。

“啊？意思是我属于高级时装路线吗？”

“不是，意思是感觉你想当个与众不同的人。森森，你很机灵，什么事都能做得很好。教你的事情马上就能学会，也可以和每个人都相处得很好。但是，在你当读者模特儿的时候，我就感觉得出来，你应该在心里面认为‘自己和别人不一样’吧。现在不是这样吗？”

我只能沉默。龟井副总编的话简直一针见血。她站起来，开始准备外出。我叫住她问道：

“龟井副总编，下一期我可以提出自己真正想做的企划吗？”

“啊，果然目前为止的企划都不是你想做的吧？”

“……非常对不起。”

“没必要道歉，因为你至今提的企划都很成功啊。可以啊，就提出来吧。不过，会不会采用还是要看总编辑的决定哦。”

龟井副总编从衣柜里拿出风衣，边走边像在演刑警连续剧一样，摊开风衣甩进半空中，再把手臂套进袖子里。我在心里对着她的背影鞠躬，目送她离去。

上个月问卷调查的结果，“喜欢的造型”这一项由我编排页面里的造型拿下了第一名。模特儿是实里香，她穿上那身衣服后，表情和姿势都可爱到足以融化人心，所以这可能也是上榜的原因之一吧。不过，我的企划案也经常在有趣单元的调查中名列前茅。我大概很适合这份工作吧。

在编辑部忙着写文稿，安排商借事宜，午餐时间就坐在附近咖啡厅里面靠窗的位置，一边观察路上来来往往的行人，一边思考自己想做的企划究竟是什么。

去年冬天，我构思的企划案第一次登上了杂志头条。但很遗憾的是负责执行的人并不是我。特辑叫作“平凡女孩的一个月可爱穿搭”，再搭上惯例会有的重复穿搭单元，总页数高达三十页，在问卷调查的单元调查中还夺得了第二名。第一名是偶像明星的访谈单元，所以单看时尚部分，可以说是实际的第一名。

从这个结果可以明显看出，读者追求的就是“平凡的可爱”。我也知道“平凡”指的是什么。但是，一定也有女孩子被“平凡”这两个字束缚得喘不过气。比如说现在的我就是这样——

“你怎么了？肚子痛吗？”

这个优哉游哉的声音让我把视线转向旁边，只见悦子拿着盘子，上头放着俨然是粉领族午餐最佳范本的贝果三明治和蔬果奶昔，在我旁边的位置坐下。

“你脸上带着好像要诅咒整个世界的表情瞪着窗外。”

“我没有想要诅咒整个世界，但也差不多啦。”

“我倒是每天都在诅咒自己呢。啊！好想快点被调到*Lassy*编辑部去啊。”

她这句话我已经听过无数遍了。悦子和我的境遇雷同，却又完全不同。她明明想做时尚杂志编辑，如今却在做校对。而我并没有什么理想，却没来由地就待在了时尚杂志部门。这样想来，突然觉得对悦子很过意不去。

“哎……你在校对部穿成这样也太突兀了吧？”

我忍不住问。悦子身上的穿搭统一为树绿色，是从夏末开始流行起来的暗色系，而且还是需要点勇气才能穿在身上的马海毛材质（不适合的人穿了，看起来就会像是某中介公司或某万国博览会的吉祥物，所以需要勇气）。脖子上戴着棉花大珍珠和水晶串成的项链，可以用黑色螺纹缎带在后头打结，脚上套着金属银色的雕花皮鞋，一身完美的穿搭仿佛刚从 *Lassy* 编辑部走出来。我甚至觉得应该让她去八剑副总编那里工作才对。最后，外出吃午餐拿的托特包[①]还是上个月的杂志赠品。

“我就是故意要这么突兀，有意见吗？”

悦子的表情好像天塌下来也不在乎，用极快的速度喝着奶昔。

“你这样子不受同龄的男人欢迎吧？”

“就跟你说的一样，有意见吗？”

“这倒没有……就算问我意见，大概也帮不上忙。”

“也是。对了，你和凯瑟琳还有联系吗？”

“没有，虽然她用 SNS 发来了交友邀请，但因为太忙了，就没有联系。”

我在回答时把“太麻烦了”改成“太忙了”，悦子就露骨地做出了失望的表情。

“哎，你为什么这么喜欢 *Lassy*？明明我们公司还有其他杂志啊，像是 *C. C*。”

“*C. C* 我当然也喜欢啊。可是在我读高中的时候，*Lassy* 内

① 托特包：指大型手提袋或购物袋。——编者注

页的质感就和其他杂志不一样。不是那种平滑的触感，纸张高级得像在微微发光，真的很精美。每个模特儿也都很漂亮，杂志上的衣服也感觉得出是造型师经过深思熟虑之后，仔细搭配出来的穿搭。当然那时候我还是高中生，是买不起那些衣服的。但只是看着，我就会觉得‘自己长大以后也会成为这样的女性’。这可是当时乡下女高中生的憧憬呢！”

“可是，悦子，像你这么喜欢时尚，不会想往 *un jour* 那方面发展吗？”

“嗯，那方面的杂志我也会看。可是我觉得，在我们身处的世界，那是我们不该奢望的梦想。那种衣服不是我们这种劳工阶级穿得起的。”

明明是校对部的员工，却穿得像是时尚杂志编辑的悦子，说这种话一点说服力也没有。但是，如果把现在这身装扮的悦子丢进 *Lassy* 或者 *Every* 编辑部里头呢？一点也不奇怪。即便在景凡社内，不知道悦子所属部门的人见了她，都不会觉得奇怪吧。好像有什么要闪过脑海的瞬间，那道灵光却因为悦子的话闪烁一下就消失了。

“干吗现在问我这个？这个不重要，你快点和凯瑟琳联系吧。E.L. 女郎的森森指的就是你吧？她很高兴地在 SNS 上发了文说遇到你了。”

“啊？真的吗？”

悦子从托特包里拿出手机，打开凯瑟琳SNS的账号，递过来给我。

——今天发生了一件非常Unbelievable（不可思议）的事情！居然巧遇E.L.Girls时期的My honey（我的闺蜜）森森！虽然没有时间一起拍张照，但森森现在一样还是Cute（可爱）又Gorgeous（美丽）的Cool Girl（酷女孩），希望有机会能再见面！

发文附了应该是当天摄影工作的后台照。底下还有五条回复，全是认识森森的人留的言——“好久没看到森森了！她还好吗？”“突然间就没消息，我担心死了，原来她人在日本啊。下次一定要拍照啊！”等等。

突然觉得有些想哭。为了掩饰难过，我匆匆扔下一句“我先回去了”就起身离开了。

周五晚上，我接到了八剑副总编打来的电话。毕竟交换过名片，会打电话来也很正常，但我不小心就在公司里头，还是在自己的座位上接起了手机，慌忙跑进走廊旁边的楼梯间。

八剑副总编打来邀请我一起去参加某高级时装品牌的新品展示会。那个牌子的大衣一件就要一百五十万日元上下。

“可是，我还没有做出决定……”

“放心吧。反正现场大概不会有半个 *C. C* 编辑部的人。”

要是被认识的人看到我和八剑副总编一起出现在展示会上，可能会误以为我想跳槽到 *un jour* 当编辑，必须避免这种情形发生。八剑副总编早就猜到了我的顾虑，特意抢先安慰我。确实这个品牌绝对不会刊登在 *C. C* 的杂志上。虽然久仰大名，但直到现在才知道是瑞士的品牌。

在八剑副总编强势的邀请下，第二天下午我前往了对方指定的展示室。我穿着一身车站百货大楼的品牌服饰，怎么看都很格格不入，身旁的八剑副总编则是好整以暇地为一件件新品拍照，不时请负责的公关人员介绍布料的产地和缝制工厂。新品大多是在丝缎上转印了风景和静物的印花类服装。拿了负责拍照的摄影师的资料，当场上网搜寻，再自己亲眼确认。“做的工作完全不一样呢！”我心里不禁感叹。

花了一个小时检视完所有新品，八剑副总编便带着我离开展示室。外苑周边地区的路线十分复杂，很多路名我都没有听过。我跟着八剑副总编的脚步，走进一家地点隐秘的独栋咖啡厅。窗外覆着绿色窗帘，陈列着东洋风家具的宽广走廊上四处挂着古董风格的鸟笼，色彩斑斓的鸟儿们在笼子里啾啾鸣啭。感觉很像是以前电影里会出现的“大上海”。

“好棒啊，真想拿来当拍摄外景。”

听到我脱口而出的话，八剑副总编笑道：“真是职业病呢。”

“这间店上周才开业。以后肯定会有很多杂志和电视节目都想来这里拍外景，所以趁现在先预约下来吧？”

八剑副总编又泰然自若地叫来老板，我也不客气地摊开行事历，敲定了12月的拍摄日期。她应该不是会为了这点小事，就向我卖弄恩情的人吧。

茶点端上桌后，我下定决心开口道：

“八剑副总编，我想了想还是不能去贵社。现在我手边还有要执行的企划案。”

相比我的紧张，八剑副总编一脸淡定地回答：

“这件事不急，你不用现在马上就回答我。”

“哦？是吗？”

“是啊。空个一年或两年，这段时间慢慢考虑就好了。”

“但要是我的想法依然不变呢？”

听到我的话，八剑副总编重重地叹了一口气，直视着我说：

“告诉你，人呢，一定会从不属于自己的地方逃走。我以前曾经当过《蝴蝶》的读者模特儿。后来直接转成编辑助理，在编辑部工作了三年。但这件事我没有告诉过任何人，所以你可要保密。”

“啊？啊！”

因为太过震惊，我险些摔了手上的茶杯。说到《蝴蝶》，那可是一本影响力非常深远的辣妹杂志，甚至在业界里头成为传说。虽然现在已经停刊，但在上世纪八十到九十年代都是代表了特殊时尚的杂志媒介。从女暴走族开始，历经109辣妹[①]和被称作山姥辣妹[②]的脏辣妹，一直到“向往的职业是酒店小姐”为止，很长一段时间都引领着辣妹文化。当时这本杂志的忠实读者还被称为“蝴蝶子”，读者模特儿更被称为“蝴蝶姐”。此刻坐在我眼前，年约四十上下，拥有白皙透亮的肌肤，气质高雅的女性，竟然曾经是蝴蝶姐，我简直无法想象。

“一直到二十一岁的时候，我才发现‘这不是我想做的事情’。所以为了学习时尚方面的知识，我晚上另外找了份工作，花了一年的时间存钱，然后去了法国。接着在二十五岁回国，从Culture Japan的打杂工开始做起。薪水不仅少得可怜，最一开始总编辑连理都不理我，但我还是锲而不舍地持续提出企划案，直到二十八岁的时候才终于通过。所以听到

① 109辣妹是指经常出没在涩谷的高校女生，染一头茶色的头发，黑色的脸上有夸张的白色眼影和银色口红，穿着超高的厚底鞋和超短的迷你裙。——编者注

② 山姥辣妹是109辣妹的一种特别妆容，配合鲜艳夸张的服装和千奇百怪的装饰物。——编者注

你才工作第二年就负责杂志内页，我真的吓了一大跳。”

我才真的吓了一大跳。这跑道的转换规模也太大了。时至今日她更是坐上了副总编辑的宝座，速度委实惊人。这一时让我无言以对，八剑副总编又说：

“你一定要保密啊。这件事我只对你说而已。”

“对其他编辑也是用这句话在拉拢他们吧？”

“被你发现啦？可是，我只会对我想一起工作的人才说哦，真的。”

她露出了淘气的微笑，拿起茶杯凑到嘴边。如果她说的是真心话，我认为自己也该据实以告，于是开口说：

“下一次的企划会议上，我打算提出自己真正想做的企划。”

“你的意思是？”

“虽然这种话不应该自己说，但我脑筋很机灵。可能是因为从小生活环境就一直在变，所以很擅长察言观色，也总是能够知道别人想要什么。所以到目前为止，我都是以‘读者想要什么’为优先考虑在做企划。但是，既然现在八剑副总编愿意等我，我想要放手去做自己想做的事情，轰轰烈烈地失败一次。”

“如果从一开始就提出明知会失败的企划，这种人才我也不想要。”

“抱歉，是我说得不够清楚。当然我会拿捏好分寸。我会在 *C. C* 杂志能够接受的范围内，放手做自己想做的单元，也会努力挤进问卷调查的前几名。所以……”

说到这里，我先停顿了下。

“假设企划案通过了，但在问卷调查的结果中没能挤进前三名的话，到时候，请再让我重新考虑您的提议。”

星期日，从早到晚不停重新构思企划案的主题，再为每一项企划列出大纲。周一早上提交给总编辑，第二天周二召开 4 月号的编辑会议。编辑会议将决定当期杂志的主题，依据亀井副总编照着总编辑的指示所做的大纲，编辑部所有职员会一起提出意见，展开热烈讨论，所以通常要耗掉一整天的时间。会议上通过的企划案再进入主管会议，分配好了页数以后，就会发出下周的行程表，确定哪些企划由谁负责。我提出的四个企划案通过了两个。换作以前，我大概一点感觉也没有，但傍晚五点会议结束的时候，我忍不住开心得登录久违的 SNS，附上用心调整过角度的自拍照并发文：“企划案通过了！好开心！”睽违半年以上的发文，还只有九个字。而且调整了角度的自拍照忘记修图，眼睛底下的黑眼圈黑得吓人。连我都觉得自己真不适合网络世界。

一个小时后，当我忙碌地处理着汇款、洽谈地点预约、联络便当店等细琐的办公室工作时，收到了凯瑟琳的回复。

“Congratulations（祝贺你）！不知道是什么企划，我已经开始期待了哦！哎，森森，好想见你啊，好想跟你聊天！I miss you（想念你）, my dear（亲爱的）！”

顺便点击过去看凯瑟琳的发文，发现就在一分钟之前，她配着一张故作哭泣的自拍发了新状态：“工作结束了，现在正一个人在西麻布吃晚餐。好寂寞啊……”看了看照片的背景，发现是我也非常熟悉的餐厅。咦，这家店还在吗？凯瑟琳现在还会去这家店吗？思考了一秒钟后，我写下回复。

“我现在就过去，等我啊！”

没等她回应，我就关上电脑。把所有数据和电脑塞进公文包里，再从衣柜里拿出巴尔玛肯外套①，说着“我先失陪了”踏进走廊。这时，正好遇见刚回来的龟井副总编。

“哎呀，你要回家了吗？真早啊。”

“龟井副总编，你已经对时间没感觉了吧。一般公司这时候早就下班了。”

“因为我没在一般公司上过班嘛。你要去哪里？”

“去找凯瑟琳。”

---

① 巴尔玛肯外套（Balmacaan Coat）是最受欢迎的全天候外套，剪裁简洁，可作为正式的出行外套或礼服外套。——编者注

“哎呀，那替我向她问声好。感觉随时可以见到，却又老是遇不到她呢。”

龟井副总编说话时脸上的表情仿佛两人上星期才见过面，让人遗忘了岁月的流逝。

凯瑟琳总是充满活力，不只读者，也深受编辑们的喜爱。现在，*Lassy* 编辑部的所有工作人员一定也很喜爱她吧。我鼓起勇气，把一直以来盘踞在心里，想问又不敢问的问题问出口。

“龟井副总编。我想问您，当初来景凡社参加面试时，如果您面试的人不是我，而是凯瑟琳的话，那结果会怎么样呢？”

凯瑟琳个性天真烂漫，不懂得怀疑他人，深受大家喜爱。待在她身边，我总是拿自己和她做比较，然后小心翼翼地掩饰着，怕被人发现自己在与她比较的这份心情。一直以来脸上都挂着假笑，一边想着究竟要怎么做，才能够变得比凯瑟琳更有魅力——虽然不想承认，但其实这件事让我非常痛苦。

这次我提出的企划案，怎么看都不符合 *C. C* 以往的风格。

· 抛开平凡！崭新又可爱的英式朋克风让你脱胎换骨。

· 让你赢在起跑线上！时尚新鲜人的必胜入门守则。

这两个感觉很极端的企划案不知为何居然通过了。没有通过的则是这两个：

·就是要比任何人都可爱！一定能赢过她的今年饰品一百战！（战字是故意写错的。）

·我要成为帅美公主！（到这里我就江郎才尽了，也不知道有没有帅美这个词。）

C. C的读者最重视的，就是“平凡的可爱”及“和一般人差不多”。不知道读者看了这两个企划会有什么反应？十之八九将由我负责执行，所以成功与否，所有责任都压在我的身上。

可能是脸上表现出了露骨的不安，龟井副总编伸出手来，轻轻摸了摸我的头。

“凯瑟琳又没来面试，这我怎么会知道呢。可是，我真的很庆幸森森来应征我们公司。谢谢你愿意来我们这里。”

“不要说这种话，听了好想哭。”

“是你自己要问的啊。”

龟井副总编又揉了揉我的头发，对我说“那玩得开心啊”，就回到了自己的座位上。我强压下涌上来的泪水，走向电梯。要不要和凯瑟琳讨论通过的那两个企划案呢——这样想着的同时，我发现平常总是疲惫又沉重的步伐，今天格外轻盈。

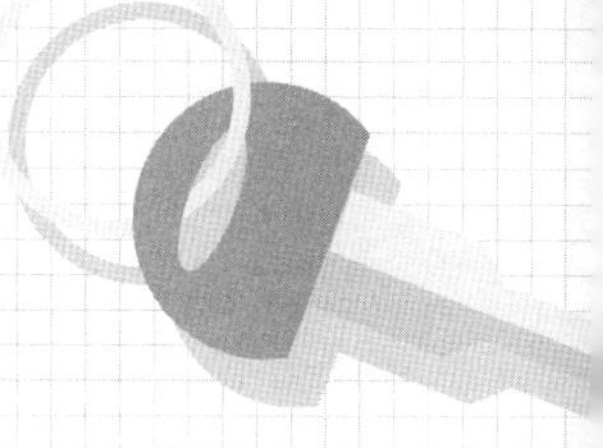

Part 2

第二话

校对女孩身边的分不清是女孩还是男孩——

米冈

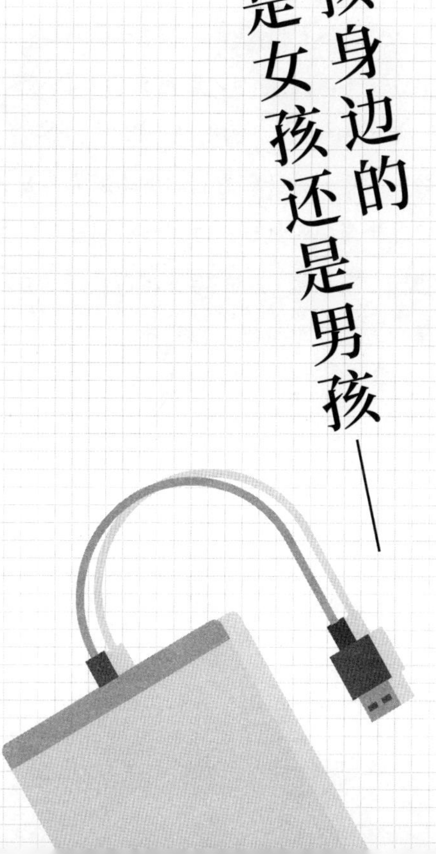

悦子的研习笔记　　之八

【稿纸换算】把文本文件换算成 20×20 四百字稿纸后的张数。听说现在很少有作家还会在稿纸上写作，但是文艺小说的新人奖，仍是以稿纸为计算原稿分量的基准。因为换行和空行也包括在内，所以是不同于“字数”的另一种计算方式。编辑部因为要计算稿酬，所以“字数”是非常重要的统计标准，但校对部要检查每一页的排版是否依照指示，所以每一页的字数和行数更重要。听说资深的校对员和编辑只要看一眼稿纸张数和排版字数，就可以马上算出单行本会有多少页。

人们阅读时，是在什么时候才会意识到“文字的美与准确性”呢？

读着因为文艺编辑部的人手和预算皆不足，同期入社的文艺编辑贝冢硬塞给我的新人奖参赛作品，我心中想道。但其实不应该有这些无济于事的想法。为了这些立志成为小说家、绞尽脑汁完成了自己作品的人，应该要认真看稿才对。可是，新人奖的参赛作品实在有太多都让人觉得“你与其写小说，不如回去好好重新学日文”吧！况且就算得奖后成功出道，也有可能写不出第二本书，或是突然人间蒸发。能够成为只凭写小说就活下去的作家，在十几、二十几名新人当中，甚至可能要一百人当中才会出现一个。

——你看的书比我还多吧？拜托帮我看稿吧！

周五晚上冲进校对部的贝冢恳求我伸出援手。严格说来，是我才刚走出校对部所在楼层的男卫生间，就被他逮个正着。

——看是看了不少，但一般新人奖的参赛作品，都是付钱请写手、书评家或者已经退休的编辑看稿吧？而且贝冢，你自己在看吗？

——可以外包的都外包了，但我还剩下二十三本！要是再外包出去就要压缩奖金了！

——你们文艺编辑部的预算到底有多吃紧啊！这样下去真的没问题吗？

——一直在赔钱！书都卖不出去啊！

——那就培养可以赚钱的作家啊！

要是培养不了，就别办什么新人奖了！但这是其他部门……或者说应该是公司的问题，说了也没用吧，所以我把这句话咽回肚子里。

景凡社的文艺新人奖只接受换算成四百字的稿纸后有三百张以上的投稿作品，也就是得奖后可以直接出版成单行本或文库本的投稿。也因为如此，看稿很花时间。身为校对部的一员，下意识就会检查起错字漏字和文法错误，所以进展非常缓慢。贝冢强塞给我的参赛作品共计二十部。必须让其中的一两部作品留下来，但一想到接下来还要再看十五本这种水平的作品，脑细胞和眼球都要宣告罢工了。

看完了第五份稿件，我在评分字条上打了一个叉，直接往桌上一扔。看着已经完全冷掉，杯缘还沾着泡沫的卡布奇诺，一点也没有想喝的欲望，于是我叫来服务生。

“再来一杯一样的。”

“你连假日也要工作吗？”

服务生晴海一边往我举高的玻璃杯里倒水一边问。

“嗯，虽然这份工作没钱赚。你不也是在工作吗？”

“我是服务业嘛，六日哪能休息。”

我向他说声“辛苦了”，晴海走回吧台内侧。借着咖啡厅帅气男店员灿烂的笑容，和倒水时轻碰到了他优美手指的感觉，就算是为自己充了电，我叹了一口气，又从纸袋里头抽出下一份投稿。

我们这一代从懂事的时候开始，电脑和手机就已经无所不在。只要想写小说，对着键盘和手机屏幕打字就好了。“写小说”的门槛就是下降到了这么低。想要表现自己的人越来越多。但是，有兴趣想看这些自我表现的人却越来越少。若不从根本改变这种失衡的现象，文艺小说的销量永远只会是赤字吧，我想。

在我还小的时候，每一本书都是宝贝。每次和母亲一起去逛百货公司，我都只想往书店跑，让母亲叫苦连天。然而，在她发现只要把孩子留在书店，孩子就会乖乖不动以后，她就开始把我一个人丢在书店里，自己逛街逛得不亦乐乎。换作现在，我会被人当成是惨遭父母抛弃的孩子，受到警方保护吧。

到了开始厌倦绘本和儿童图鉴的年纪时，我首次接触到了漫画这种文化。那是大我一岁的邻居大姐姐本想在倒垃圾的日子里丢掉的少女漫画杂志。缤纷的糖果色调以粉红色为基底，女孩子都画得非常可爱。被指派下来倒垃圾的我，在垃圾场恰好遇到大姐姐，目光无意识地紧紧盯着她打算丢掉的垃圾。注意到我的视线，大姐姐也看向我带来要丢的旧杂志，双眼发亮地问我：

“小光，你手上的东西能给我吗？”

“咦？麻姐姐，你喜欢电车这一类的东西吗？”

“嗯！但我爸妈都觉得这些东西太男孩子气了，所以不让我买。”

我手上的垃圾是父亲基于喜好买下的过期铁道杂志。于是，我们喜滋滋地互相交换了手上原本要丢的垃圾，再各自偷偷摸摸地带回家。

从麻姐姐那里换来的，是五期《Robin 月刊》。我家并不穷，在一般人看来可能还算富裕，但是在父母的教育方针下，没有零用钱的我还是第一次看到漫画。我废寝忘食地把那五期杂志看了一遍又一遍。一开始还不知道要怎么看，不懂右上方的漫画格要往哪边开始看，摸索了三天才发现规律。知道怎么看了以后，更是反复看到都背下了所有台词。

这太可爱了吧。这太有趣了吧。啊，好开心！

但这样纯粹的感动却随着时间的流逝，转变成了寻找错误。如今想来，我当年还真是个惹人厌的孩子。

当年的我就读小学四年级，唯独语文和美劳的成绩出奇优秀。每年都代表学校参加作文比赛，小学二年级的时候还在县里拿到了冠军。我的兴趣是写汉字练习簿和抄写经文，所以几乎会写也会念所有的常用汉字和非常用汉字（仅限《般若心经》里出现的字）。正因为我是这样的孩子，所以看到杂志里“写封信鼓励某某老师吧！”这样的信息也就当真了，立刻向《Robin 月刊》编辑部寄去了鼓励的信函。

几月号第几页的第几栏，豆子的台词里助词用错了吧？

几月号第几页的第几栏，高志的台词里汉字写错了吧？

几月号第几页背景的透视法好像有些怪怪的？

几月号第几位读者的投稿，段落第一行应该空一格才对吧？

等等诸如此类的问题，再加上写给每一位杂志连载作者的鼓励，我把麻姐姐给我的五本杂志里找到的所有错误，洋洋洒洒地写成了四大张信纸寄过去。真的是很惹人厌的小孩。

但是，我这么一个爱找碴的孩子，*Robin* 编辑部却很真诚地给了我回复。信寄出的两个月后，负责处理读者投稿的编辑回寄给我的明信片，我到现在都还好好收藏着。

P.S. 光男同学将来一定可以成为出色的校对员哦。

道谢的明信片最后以这句话作为结尾，但当时我还不懂“校对”是什么意思，查了辞典还是似懂非懂。孰料十几年后，我真的成为校对员。

“那你为什么不去文英社工作？ *Robin* 是文英社的吧？”

景凡社校对部的后辈河野悦子——我称之为河野妹，用不屑一顾的口吻这么说，一边在嘴里啪哩啪哩地咬碎棒棒糖。这位小姐的牙齿和下巴真是强韧得吓人。

“因为文英社没有校对部啊。”

“咦，是哦！校对部不是每个公司都有吗？所以要是我去文英社应征，就绝对不可能被分配到校对部喽？”

文英社是规模有景凡社两倍大的多元化出版社。旗下拥有以少女为读者群的《Robin 月刊》和以少年为读者群的《橡胶橡胶 Comic》等漫画杂志，在景凡社没有专属部门的“漫画”领域，长年来都是业界无可撼动的王者。文艺部门《小说 Barusu》主办的新人奖也每年都会挖掘到才华横溢的作家，更会倾心栽培。也因此每个部门的编辑都十分优秀，除了靠关系进来的以外，只会录用来自东大、K大和W大等知名大学，而且拥有特殊才能的应届毕业生。

“我想河野妹是绝对不可能应征上的啦……”

“为什么啊！啊，不过，我对文英社的女性杂志也没什么兴趣，所以还是算了。啊，讨厌，糖果卡在牙齿缝里了！刺到舌头啦！”

“我说你啊，一般应该都是把糖果含在嘴里，等它慢慢融化吧。”

“不要，那太慢了！好痛！刺到脸颊啦！怎么办！”

“你们两个吵死了！快点工作！”

果不其然部长立即发出了河东狮吼，河野妹和我对视了一眼后，又重新面向桌子。

只要逮着机会，我就会向这个无礼的后辈灌输校对这份工作有多么值得尊敬，但通常每一次都引不起她的兴趣。虽然真的很没礼貌，但她面对工作却又认真负责，个性也很可爱，所以我对她实在讨厌不起来，真是不甘心。说真的，我反而还有点儿喜欢她。关于我性取向不明确这件事，悦子好像丝毫没有放在心上，就只是把我当成普通的同事和前辈，没有任何隔阂地接近我。所以我认为在人际关系方面，她的应对能力非常优秀。虽然态度有时缺乏礼貌。

我曾经和女生交往过，也曾经和男生交往过。但不论和谁，都无法全心全意投入其中。我喜欢漂亮又可爱的女孩子，也喜欢长相帅气的男孩子，但一想到构筑起恋爱关系的过程和关系的维持，就觉得很麻烦。上床，也就是性交这回事，也让我觉得麻烦至极。近年来虽然出现了“草食系”[①]这个方便推脱的用语，让像我这样的人也能活得比较轻松，但处在二十八岁这个不上不下的年纪，“结婚”两字带来的真实感变得比以前更强烈了。今年三十二岁的哥哥，就是在和我现在一样的年龄结婚，三十岁有了第一个孩子。

单手拿着咖啡，我出神地望着杂志校对小组在楼层尽头的开会区进行终校的工作。不对，严格来说，是欣赏着凹版印刷厂的男业务员正等着订正较少、可由印刷厂帮忙校对的稿子的英姿。正宗信喜，二十五岁。单身。一个笑容爽朗的阳光型男。看着他，就让我想起了当年高中班上那位皇帝一般的同学。每天放学后，我都在窗边欣赏着他在操场上踢足

---

① 草食系男子：又称食草男，这个词在 2006 年诞生于日本作家深泽真纪笔下，用来形容日本当前年轻男性的生活状态。他们外表白净清秀，给人柔和温暖的感觉，对待爱情像食草动物一般友善温和。在感情关系和人际交往上较为被动，性格腼腆害羞，不擅长和异性接触。——编者注

球的身影。最近我正借着看正宗，回味和当年相同的淡淡的悸动。

——真搞不懂你的名字是第六代还是第十六代德川将军。

之前河野妹接过正宗的名片时，直接当着人家的面口无遮拦地发表上述评语。但是，那位将军明明不叫正宗，是叫吉宗，而且不是第六代，是第八代；字面上看起来倒是和第十五代很像，但念法完全不一样，还有历史上根本没有第十六代！由此可知河野妹做校对到现在，还没有经手过江户幕府这块领域。不知道为什么，只要是调查过的资料，河野妹不刻意去记也能存在脑海里。好羡慕她的大脑。之所以考不上名牌大学，大概只是因为她对读书没有兴趣吧。还有，正宗听了她发表的评语后，根本不懂她在说什么，只是精神抖擞地回道："是啊！谢谢您！"啊啊，笨得可爱死了。大脑没什么皱褶的光滑模样真惹人怜爱。

虽然河野妹是例外，但和那些外包的校对员聊天时，我时不时会觉得："这些人脑袋的皱褶都多到扭曲了呢。"当然我自己也包括在内。有很多人都是想成为小说家，却因为没有才能而变成了编辑，事实上校对员里也有这种人，像我就是。

邻居的麻姐姐在升上初中以后，就不再买 *Robin* 了。在那之前她把看完的期数都转手卖给了我，但在她升上初中的同时，我也从 *Robin* 毕业了。开始缠着父母订阅全年的少女小说

杂志 *CoAsS*，同样也是文英社旗下的出版品牌。*Robin* 的姐妹刊有两种类型，一种是继续锁定漫画读者的 *MARTIN*，另一种是为刚开始接触小说的读者出版的 *CoAsS*。如上所述，我不再看漫画，而是转战小说领域。虽然订购了一整年的杂志，但一个月只会寄来一本，所以一看完最新一期的小说杂志，我就会翻出家里祖父收藏的文学全集来看。里头有些书看了，我还会产生“这种故事我也写得出来”的想法。当年的我是个自大的孩子，自以为“这本小说如果让我来写，会写得更浅显易懂又有趣”。因为都已经翻了好几页，故事却都还没有开始啊！

前前后后花了四年的时间，我看完了世界文学全集和日本文学全集。也是在这段时间，我确立了将来的梦想。幸好我家的哥哥很优秀，按照父母的期望顺利长大成人，更一举考上东大，所以不管我想做什么，几乎都不会受到干涉。话虽如此，我也没有步入“父母都不管我！我要变成不良少年！”这种歧途，和父母及哥哥的感情都很好。高中二年级的时候，当我表示:“我想成为小说家。”父亲也只是说了一句:“是吗？这条路应该不好走，那你加油吧。”但父亲当时明明为哥哥今后的发展出路提出了不少意见，所以只有在那一刻，我感到有些失落。

然而，精通文法且最拿手的科目是语文这一类人，其实根本写不出小说。这点是在我升上大学、进了历史悠久的纯文学类“同人志”社团以后领悟到的。社团里很多人都和我一样，从小到大的经历也都和我差不多，这些人无一例外都非常讲究条理。他们都深信自己写的小说是“准确的艺术”。但坦白说除了奇迹般屈指可数的天才外，根本就是一群人在自己熟悉的圈子里互相吹捧而已。日语虽然使用准确，故事却一点也不好看。反而是十七岁就得到 *CoAsS* 的新人奖，以前也没看完过几本书的孩子写的拙劣爱情故事更能让人心潮澎湃。清新而又富于感性，故事的发展也完全让人出乎意料。只要情感饱满、语言表达清晰，语法不正确也没关系，反正挑选出得奖作品的编辑之后再负责修改就好了。

一年过后，我就退出了那个同人志社团。在那之前我写的两本小说都没有通过纯文学类新人奖的第一轮评选，我慎重地接受了这个现实，也放弃了成为小说家的梦想。

时间又过了一周之后，我终于看完了如今正追逐着我所放弃的梦想的人们写下的二十部参赛作品。

“你速度好快！自己的工作做了吗？”

贝家似乎是为了其他事情而来，我把装了参赛作品的纸袋递还给他，他就冒冒失失地问了我这么一句。是为了找河野妹才来校对部的吧，但她几乎每天都准时下班回家。

“当然做了。我又不是你。”

“你真没礼貌。”

“彼此彼此。我可是义务帮你工作，至少该请我吃顿饭吧。”

“哦，好啊。今天约好的讨论日程取消了，我刚好有空。”

“太好啦！我想吃猪肉涮涮锅！”

“请问可以带我一起吗？”

我在心里大叫了一声“啊？”转头看向声音的方向——我的天啊！眼前的人不正是笑容灿烂迷人的正宗吗！

“你是谁啊？”

贝冢黑着脸问。这个人从外表看不出来，他其实很不擅长和刚认识的人相处。我回想起了入社典礼的时候，贝冢没有和任何人交谈，一个人孤零零的样子。但赶在我开口介绍之前，正宗就自己朝气蓬勃地回答了：

“我是凹版印刷厂的业务员，敝姓正宗！您是文艺编辑部的编辑吧？今天先把公事放在一边，我一直很想认识文艺部的编辑！啊，不过，还是请容我向您请教公事！”

想问公事的话，这个男人刚好是这间公司里最不适合的人选哦——但我把这句话咽回喉咙，抢在贝冢说话前回答：“当然可以！听说这位编辑要请客，一起来吧！”

推着欲言又止的贝冢的后背，让他回到编辑部后，我也收拾了桌上的东西，和正宗一起走进电梯。陌生的古龙水味掠过鼻尖。真看不出来，他用的应该是宝格丽的Jasmin Noir香水。啊，怎么办，完全超乎我的想象，心跳得好快！

"米冈先生，您和刚才那位编辑交情很深吗？"

正宗自然没有发现我内心的小鹿乱撞，向我提出问题。

"嗯，因为我们是同期进公司。虽然交情算不上很好，但因为在公司里同期的人很少，所以跟其他人比算是聊得多一些。"

简短的对话在电梯抵达一楼，电梯门打开的同时就结束了。我们等了一会儿，与贝冢会合后，就用编辑部的经费叫了出租车，前往京桥一带。

在每个座位都冒着蒸腾热气的猪肉涮涮锅店内，正宗发挥了小狗般惊人的亲和力，三两下就让贝冢对他敞开心扉。而且我发现，正宗并没有我想象中的那么笨。贝冢对印刷厂发表着琐碎的意见时，他会笑容满面地侧耳倾听，假装在看邮件，实则迅速地悄悄把贝冢的发言用智能手机的笔记功能记录下来（我侧眼偷看到的）。有些意见很中肯，像是："有些特殊的加工和印刷方式虽然没有先例，但希望可以让我们挑战看看。""如果你们做不到我们要求的格式，应该要一并提出替代方案或解决方法。"但也有一些只是霸道的无理要求，比如："总之你们排日程这件事要再改善！虽然比我们要求的时间慢，但结果不是都赶出来了吗？既然如此，从一开始就把时间往后延嘛！"但正宗把所有意见全写了下来，甚至不着痕迹地问出了接下来某本初版印量可能很高的书，非常敬业地顺便尽了业务员的本分：“我认为这本书能让敝公司获益良多，请问能委托敝公司来印刷吗？”哪里笨了，一点也不。而且在手机屏幕上点击打字的速度超级快。恐怕比一般人用电脑键盘打字还快吧。

啊啊，真想再深入了解他啊。他平常过着什么样的生活呢？为什么会进入印刷厂工作？个性又是什么样子呢？

结果两个半小时里，我都独自一人闷闷不乐。明明是三个人一起吃饭，我却完全没有插嘴的余地，贝冢一直不可一世地高谈阔论：“我告诉你，所谓文艺……所谓出版社……所谓印刷厂的使命……”贝冢以不擅长和刚认识的人相处为借口，假装自己很内向怕生，但其实他趁着这段时间观察对方，评判对方的地位是否比自己高。然后，一旦判定对方比自己的地位低，就会彻底轻视对方，态度变得高高在上。因为我隶属于有些特殊的校对部，毕业的大学又比他母校的偏差值[①]高一些，所以他觉得和我级别相同。但是，正宗不仅比他年纪小，姿态也压得很低，最重要又是印刷厂的业务员，看来

① 偏差值是指相对平均值的偏差数值，是日本人对于学生智能、学力的一项计算公式值。各大学在录取学生时，常常用这次考试的偏差值评价学生的学习能力，并作为录取的重要标准。——编者注

是被判定地位比他低了。两个半小时下来，贝冢都在一派自命不凡地发表长篇大论，简直没完没了。虽然带着和煦的笑容听他说话的正宗非常可爱，但是——

臭贝冢，快蒙主宠召吧!

“嗯？你说了什么吗？”

“不，没什么。编辑大人，感谢您的招待。”

要是正好有什么又重又硬又具有黏性的尖锐物品掉到他头上就好了——我瞪着贝冢坐进出租车时让人恨得牙痒痒的后脑勺，在店门口送他离开。

“不是这世上所有编辑都像他那样，别误会呀。”

出租车扬长而去后，我向正宗解释道。正宗带着微微的苦笑回道：“我知道。但在这个行业，都是这种人会出人头地呢。”年纪还这么轻，就已经看破这世道了呢。就这么回家太可惜了——正这么想着，正宗直视我的双眼接着说：“今天时间已经不早了，我就先告辞了。以后有机会也一定再叫上我。”

心里头的小鹿乱撞到我以为自己要晕倒了。

这下糟糕。我说不定真的坠入情网了。

今后该怎么活下去才好呢？尽管内心怀着隐隐的不安，但我对于自己的性取向并不特别烦恼。在迎来了可以光明正大喝酒的年龄以后，我就开始非常自然而然地一周造访一次新宿二丁目。凑巧和脱离同人志社团是同一时期。我在狭窄的店里的吧台前喝着酒时忽然惊觉，即使不是刻意这么做，人也会本能地寻求自己的容身之处呢，想到这里我不禁笑了出来。

二丁目是不论什么样的人都能包容的街道。但事实上，也是非常排外的一个地方。我常去的店由一对年纪轻轻的女同性恋伴侣所经营，气氛很轻松自在，不管是同性恋或异性恋，想来都可以来。像我这种“没有确定性向，也不想找伴侣，为此也不苦恼”的人，只有这种店会接受我。

在酒吧或俱乐部爱上别人，别人爱上自己；结交朋友，失去朋友，偶尔也会吵架。在这个仿佛得了热病的街道度过一天又一天，但还是慢慢地对未来产生了焦虑。

——米冈弟，你考上了好的大学，以后工作根本任你挑嘛。哪像我，是在孤儿院长大，还是一个只有初中学历的女同性恋。就算我自己不在意，世人的眼光还是很可怕的。当年我非常苦恼到底要上山当樵夫，还是下海从事色情行业呢。

当我茫然地说出自己对将来的不安时，老板 Rita 就在吧台后头笑着安慰我。听说她以前在隔壁街的老字号女同性恋酒吧里当女公关……不对，是“男”公关。一身中性的打扮，让她很受欢迎。

——樵夫？好久没听到这种职业了。

——不，真的有啊。听说只要一整年都待在山上砍柴，就可以赚到一大笔钱。不过我也听说那段期间都不能回家哦。

——那会不会是骗人的啊？

——应该吧。因为也没有客人再回来过。

Rita的伴侣Hana说，我吃了一惊，还真的有人试过。而且还是这里的客人。

店里的常客什么人都有。有医生和律师，也有学生和无业游民。已经过了人生的巅峰时期，如今在歌舞伎町工作的风尘女子也偶尔会到这里来。远离了自己所属社会身份的人们在进入另一个圈子时，所有人都会变成平等的存在。当年还是学生的我也一样，明明是个还没见过世面的年轻小伙子，“这辈子只学了法律”的律师却很认真地听着我发表文学评论，还听得津津有味。

阔别多年，重新来到充满我青春回忆的店家，却发现店名不一样了。我还是拉开了门，瞧了一眼店内。吧台里迎客的人果然不是Rita和Hana了。

“欢迎光临。请问是谁介绍你过来的呢？”

吧台后头长相凶恶，剃着平头的青年一看见我就问。这一带的店家大抵会在门口贴上“会员制”的牌子，门上也没有小窗，看不见店内的景象。事实上并不是非得要填写书面材料，办理手续成为会员。“会员制”的意思单纯只是谢绝初次来访的客人，没有他人的引荐不得入内。我第一次踏进二丁目，也是当时来往密切的一个店员带我来的。我在他的带领下去了不少店家，最后固定在 Rita 的店出没。

“啊，对不起，是这样的。我记得以前这里是一间叫作‘Limit’的店……”

“哦，你是指 Rita 和 Hana 开的店吧？她们搬去冲绳了。说是要两个人一起继承 Hana 母亲在美军基地附近开的店。”

“这样啊……”

久未露面的人明明是我，我却无来由地感到失落。

“如不嫌弃本店，那就在这里喝一杯吧。”

大概是看到我大失所望的样子心生同情，平头青年说道，招呼我进店里。

今天是周五晚上，店里却很冷清，除了我以外只有一名客人，还在吧台最内侧的位置上喝得烂醉如泥。这家店要经营下去没问题吗？我担心地环顾了店内一圈，平头青年递来名片，对我解释说：“今天有大型活动，大家都往那边去了。”原来他的名字叫作 Masa。

“你很久没来二丁目了吗？”

Masa 一边问我，一边调制我点的 Amaretto Fizz。

“嗯，已经好几年没来了。果然都变了呢。”

那当然呀——Masa 感慨万千地点点头，怀念地说起了花园路某间俱乐部的闭幕派对。

“那间店关门了吗？什么时候？”

“唉，你真的很久没来了啊。”

Masa粗略地列出了我离开的这六年来，新开的和倒闭的店家。新旧汰换的速度之快，让我感受到了时光飞逝的无情。

“也是，我都已经二十八岁了呢……”

喝下甜得足以麻痹大脑的调酒，我随着叹息吐出这句话。

“那今天是吹了什么风？隔了这么久，是想来这里找对象吗？如果是的话，那别留在这里了，去其他店或者去参加活动比较好哦。”

“不是。我觉得自己现在好像在单恋一个异性恋的男孩子。好久没有喜欢上一个人了，不晓得该怎么办才好，所以就跑过来了。”

“啊……那可真辛苦。”

想起了刚才还在一起的正宗，我又叹了第二口气。

“干脆扑倒他吧？啊，但你看起来不是这种类型呢。”

“嗯，因为人家是草食系嘛。”

“既是草食系又是Gay（同性恋），未来只有遁入空门这条路能走了。”

“嗯，也就是僧职系[1]呢。慢着，别开这种不写出来就弄不懂的玩笑啦！”

和长相凶神恶煞，俨然像是帮派杀手的Masa聊了一会儿，就觉得进入社会以后，内心变得干涸的地方开始吸收水分变得滋润。一过凌晨两点，客人突然大批增加，于是我结账离开了。“欢迎随时再过来啊！”Masa在吧台后头对我挥手。我也向他挥手，之后置身在一醉解千愁的行人当中，从容地慢步走向靖国路。

我从不曾为自己生来就是男儿身感到懊悔。但是，空有人类的躯壳，却只能在这条狭窄的街道里游来游去的鱼儿们，又是何其多呢。

其实我想成为文艺编辑。这件事我没有告诉过任何人，今后也不打算在公司内公开。从高中到大学时期，我一直很崇拜以前作为少女小说家的四条真理惠老师。自从放弃了成为小说家的梦想，我就把自己的梦想寄托在真理惠大师身上。于是想要成为编辑，亲手辅佐她，协助她得奖。

但我在一家人吃饭的时候提起这件事后，哥哥却私下制止了我。

---

① 僧职系与草食系的日语发音相同，都是Sousyokukei。——编者注

——光男，你是同性恋吧?

大学三年级刚开学不久，哥哥把我叫到房间，开门见山地问。我既没有蓄意隐瞒，也不介意被发现，但还真没想到会有人这么直接，还是亲人跑来问我。

——我自己也不是很确定。不过，我想自己偏向那边吧。

我老实地回答了他。如果和恐龙及古代生物一样，人类有朝一日也要走上灭亡的道路，亦即撇开繁衍后代这个问题，我不认为一定要把人类明确地划分成男人和女人。直至今日，也不觉得这种区分有什么意义。

——看你的外表和言行举止，别人都会觉得你是同性恋吧。而且，你也不会否认吧?要是你可以藏得滴水不漏，那我也不担心，但你没有打算隐瞒吧?

——我不懂为什么一定要隐瞒。

——那么等你以后当了编辑，一定会很痛苦。就算你的本性再善良，这个社会还是对少数的族群存有歧视。我不认为你能坚强到可以战胜那些恶意，明明不是你的错，对方却还是对你怀有恶意。

当时哥哥已经步入了社会。大学读的是理科，又是在医疗领域做研究工作，明明和文科八竿子打不着关系，为什么会说这种话?我内心满是疑惑，从哥哥口中得知，制药公司的业务员在银座的俱乐部招待教授时，在那里遇到了编辑和作家。听说那名作家让不敢违抗自己的年轻女编辑随侍在侧，揉她的胸部（还说什么不想被店里的小姐讨厌，不会对她们这么失礼），更要求男编辑只穿着一条内裤趴在地上，喝地上盘子里的酒。看到一个晚上就算挥霍了一百万日元也不会害出版社亏钱的重要"作家大师"把编辑们当作奴隶对待，就连已经见识过了这世上各种荒唐行径的医学部教授也表示避之唯恐不及。

——我明白你想成为喜欢的作家的责编的心情。可是，工作不可能只做你自己喜欢的事情。你一旦从事与人有所接触的工作，一定会被欺负。尤其在日本，只要和多数人有些不一样，大家就会无所顾忌地以此为把柄来嘲笑你。这种倾向到现在还是根深蒂固。如果没有这种文化，现在的日本早就不会有人因为被霸凌而自杀了。就算是为了工作，你忍受得了这种对待吗？

"我可以！"那时我有些不满。可能是面对说话永远正确的优秀哥哥，产生了些许的反抗心理。但是，思考了一天以后，我就得出了"还是不可能吧"这样的结论。至今我还没有受到过什么压迫，几乎可以算是奇迹了。从学校这个封闭的世界走到外头，大概没办法再和以前一样过得那么自由了吧。

第二天，我从抽屉的宝物盒里翻出以前文英社的 *Robin* 编辑寄给我的老旧明信片，拿去给哥哥看。

——哎，哥哥你看，你觉得我真的适合当校对员吗？

哥哥接过泛黄的明信片，看完以后露出微笑。

——原来如此。如果是校对，应该没问题。

——你怎么知道？

——因为我写论文的时候，也会接触到校对员。只不过，是专门负责医学领域的校对员。这份工作基本上只要用电子邮件往来就好，不需要与作者见面，但又不可或缺。

说完，哥哥从公文包里拿出当时正执笔撰写中的论文给我看。“这些部分都是校对员的修改。”他指给我看写着铅笔字和红笔字的地方。

——哥哥，你真是无所不知啊。

——因为我比你早出生啊。

——哥哥，你不觉得痛苦吗？都没有过叛逆期，出生至今也一直都按照爸妈的期望长大，当着让爸妈自豪的乖儿子，这样不会累吗？

我问出了一直想问的问题，哥哥依然笑着回答。

——我啊，喜欢分毫不差地走在别人铺好的道路上。就和玩游戏一样，只要照着攻略本走，就一定可以取得高分，最后也能破关。是一样的道理。

——这样好奇怪啊。

——你是连路在哪里也不知道的那一种人。从另外的角度来看，我很羡慕你。

——是挖苦吗？

——不，我说真的。所以你就代替我，去看看我没能看见的、既定道路以外的世界吧。

“我说你真的够了！不要得寸进尺！我这边该负责的工作已经结束了！什么？不空成就如来的三围？这种事情我哪知道啊！东寺里头就有，自己带着卷尺去量啊！啥？开什么玩笑，我这里又申请不到出差费，你自己去！”

“河野小姐，你吵死了！而且东寺的佛像禁止触摸哦！”

“真是非常对不起！”

隔壁的河野妹把话筒摔向电话，电话那头的人恐怕正是贝冢。看着呼吸起伏剧烈、重新在位子上坐好的河野妹，我不禁心想：这里也有个连路在哪里都不知道的人呢。搞不好，校对部就是我们这些走不上正常轨道的人聚集的巢穴。乍看之下校对部与公司内所有部门都有着联系，却又像孤岛一样，与外界完全隔离（真的申请不到出差费）。

我曾经梦想当四条真理惠大师的责任编辑。而真理惠大师即将在景凡社出书，文艺编辑部的藤岩小姐拿来了最新作品的原稿，由我负责校对。虽然很遗憾，我们没能亲手将真理惠大师送上获奖的舞台，但她在其他出版社的作品得了大奖，值得纪念的“得奖后第一作”也将由我们亲手让它问世。现在也已经向印刷厂下了加印的订单。

其实，藤岩小姐和我早在入社前就认识了。虽然没有说过话，但在真理惠大师的签名会等活动上早就有过几次照面。所以在河野妹那一届的入社典礼上看到她时，我从心底如释重负。这下子，就可以把我的梦想托付出去了。不过，藤岩小姐还真是土气又朴素到无可救药呢——然而，想不到前些天河野妹竟然伸出援手，让她摇身一变成了窈窕淑女！河野妹对时尚的热情实在太惊人了。要是那份热情可以稍微投注在校对这份工作上，就可以成为超级校对员了，真可惜。

连日来，河野妹很罕见地一直是无精打采。前阵子她负责校对一份将时尚随笔集结成单行本出版的校样，听说在杂志上连载的时候，她就是这个专栏的忠实读者。面对喜欢的东西，就没办法冷静地进行校对。前几天在校对真理惠老师的大作时，我才刚体会过这种感觉。但对文艺没有半点兴趣的河野妹，却在这次也陷入了相同的状态，校对完后似乎没能感到心满意足，而且还彻底忘了其他部门委托的批改校对，还是我出手帮忙，才勉强赶在截稿时间之前完成。

上个周末，我在有明竞技场的时装展上巧遇河野妹。虽然没有她那么夸张，但我也喜欢时尚，有好几名设计师从他们还是独立制作人的时候我就是其支持者。其中一名设计师邀请我参加时装展，河野妹则是收到了她单恋的作家兼模特儿的邀请。

这样的孩子也会坠入爱河吗？真是让我大吃一惊。虽然这样的吃惊对她有些失礼，但没想到这个和推土机一样的孩子，原来也是个平凡的女孩嘛。我内心感慨颇多。那名兼作模特儿的作家自然长得不差，而且难得从事这个行业，却一点“同志”的气息也没有。我真心地希望他们可以顺利发展。

很快就要到圣诞节了。内心这股分不清是不是恋爱的情感会有什么结果呢？我来到东西百货的一楼精品卖场，挑选着要送给家人的圣诞礼物，心不在焉地想着如果要送正宗，该挑什么当礼物才好呢？就在这时候——

“啊，米冈先生！”

这时从身后传来一个声音。怎么会这样，简直是漫画里才会出现的情节！

“正宗！”

“您来买东西吗？”

今天适逢假日，地点又是为了圣诞节展开促销大战的热闹的百货公司。我的目光无意识地扫过他两旁。只有他一个人。此外，还没有买了东西的迹象。

“嗯。正宗，你也是吗？”

“是啊，想买些新衣服。”

“可是，再过两个星期就有特卖会了。”

“但通常好的东西都不会留到那时候吧。”

由这句话可知，他在穿衣打扮上属于不会妥协的类型，我心里非常开心。不论长得多帅、多漂亮，如果缺乏审美，往往生活习惯也会比较邋遢（但是超级爱美的人，也会在其他方面超级粗枝大叶，例如河野妹）。今天能在这里遇见正宗，简直就是神明引发的奇迹。于是我鼓起勇气开口了。

“正宗，等你买完东西，要不要再一起吃顿饭？虽然离晚餐时间还早，但可以简单吃点东西。”

“啊，当然好啊。而且上一次都没能和您好好聊聊呢。我可能还要再逛一个小时，可以吗？”

“嗯，我也差不多要一个小时。”

我们互相交换了电话号码，暂时就此道别。

后来，我和正宗就在附近从傍晚五点开始营业的居酒屋一起吃了饭。虽然气氛稍嫌不够浪漫，但还是度过了一段愉快的时光。正宗说，原本老家开的是照相排版的小店，所以他才会进入印刷厂上班。从小他就帮家里工作，但如今照相排版的生意锐减，老家的店也就关张了。可他还是想从事与印刷有关的工作，所以从专门学校毕业以后，就进入颇具规模的凹版印刷厂上班。虽然薪水不多，也不是自己想待的部门，但现在的工作内容比想象中还有趣，所以每天都过得很充实。

这段时光真的很愉快。能和怀有好感的对象单独一起吃饭，简直像做梦一样，正宗又不负我的期望，是个仿佛从童话故事里走出来的开朗的好孩子。任我再怎么挑剔，在他身上也找不到半点的灰暗。

“打起精神来吧。”

我在吧台上捧着脑袋，Masa 把放了综合坚果的小盘子递到我面前。我说着“谢谢”，捏了几颗坚果丢进嘴里。

——啊，米冈先生，你看。这是我今天买的衣服，您觉得怎么样？

数小时前。我们两人一起坐在吧台的位置上，正宗窸窣作响地从购物袋里拿出衣服。透明的塑料袋里包着灰色的法兰绒西装外套，和稍微刷旧增加复古感的蓝色灯芯绒裤。还有一件似乎是在另一间店买的，上头有低调骷髅头花纹的白色衬衫。

——好帅啊！看起来很适合你！这件裤子的颜色真好看，我也好想要呢！

——太好了。因为米冈先生总是打扮得很时髦，意见很值得参考。我打算圣诞节约会的时候穿这套衣服，向女朋友求婚。不知道会不会成功呢。

——……

只要生物之间存在着男与女这种区别，大多数人都会和异性成双成对。这点我早就知道了，也不抱有任何期待。但是……

——如果是我误会了，真的很抱歉，但米冈先生的内心有女性倾向吧？从女性的角度来看，您觉得怎么样？我今年才二十五岁，您觉得会成功吗？

——一定会成功的！绝对没问题！因为正宗是优质好男人啊！

所谓内心淌血，就是用来形容我这种时候的心情吧。

“哎呀，打起精神来嘛。”

“人家明明就不是女孩子……明明是男孩子……”

“要别人正确地了解自己，本来就不可能嘛。反正也约会过了，算是很幸运啦。而且，对方人很好呢。身为异性恋，还是设法理解你。”

“嗯……可是，这种误解的温柔太让人心碎啦。”

连我也觉得自己真是麻烦。如果我是正宗，也一定会有很多顾虑，不知道该怎么和我相处吧。每个人截至目前看见的，都是从自己一路走来的轨道上往外看出去的风景。前方的道路也只能依据自己的想象，寻找着陆点。

难道就没有一个地方，可以单纯地只是当一个人，不去区分男人和女人吗？也许只要用心寻找，在我不知道的某处确实真的存在着吧。但是，既然整个社会都在提倡男女平等，也应该要有这么一个不用费力去寻找，就能让人放心深呼吸的地方啊。

就在正宗计划要求婚的平安夜当天，河野妹接到了部门内部调职的命令，将从文艺部转到周刊杂志校对小组。事前部长就找我商量过了，所以我早就知道这件事。但是，河野妹却带着好像世界末日来临般的表情回到位置上。

分明对校对没有丝毫兴趣，有必要那么沮丧吗？原来她是无法原谅自己是因为犯错才被调职。尽管对校对不感兴趣，河野妹面对工作却非常认真尽责，全是为了累积工作上的成果好日后调到 *Lassy* 编辑部去。为了早日调到自己梦寐以求的部门，她不容许自己工作上有任何污点。

我入社的情况，类似于电视台的播音员招聘，因为景凡社校对部是单独招聘，所以除非有其他部门积极挖角，否则无法在校对部之外的部门工作。这点除了部长以外，几乎所有校对部成员皆是如此。但是，河野妹是在经过一般的入社招聘被录取以后，才被分配到了校对部。所以只要她的申请获得上面的批准，想去哪个部门都可以。

结束工作，收拾东西准备要回家时，正好碰到来社里进行年末拜访的正宗，身上穿着那天请我看过的衣服。一般来说业务员都要穿西装，但景凡社原本就是主要出版时尚杂志的出版社，所以对于出入业者的服装要求也没有那么严格。

“啊，米冈先生，怎么样？这身打扮不会很奇怪吧？”

“不会，很棒啊，非常适合你。”

我忍着内心阵阵刺痛回答，在旁边整理桌子的河野妹忽然露出狰狞的表情，猛然转过头来说：

“为什么你问米冈对衣服的感想啊！这种事情应该问我吧！”

“啊，不，我只是想从女性的观点来看，不知道看起来怎么样……”

“那更应该要问我才对吧！他才不是什么女性，应该说根本不是男人也不是女人！这套衣服虽然适合你，但鞋子太奇怪了！既然要这样搭，鞋子就不可以穿黑色，要穿褐色的！而且马衔扣[①]的颜色跟手表带的颜色也不搭！脱不了鞋子就把手表给我摘下来！”

河野妹的魄力就像是情境喜剧里在吵架的夫妻，噼里啪

① 马衔扣：上世纪五十年代的装饰图案，被用于大小各异的金属配件。——编者注

啦地讲了一长串，最后再千叮咛万嘱咐“一定要摘下来哦！”又接着回头继续整理桌面。正宗被她凶巴巴的样子吓到，整个人呆愣在那里，小心地回答说：“好的。”然后小声问我：“河野小姐怎么了？”

“这个嘛，因为发生了一点令人同情的事情。”

“不准说令人同情！”

“抱歉抱歉。”

心里对她有些歉疚，但我还是忍不住笑了出来。为了不再激怒她，我带着正宗来到走廊上。

“祝你一切顺利。加油哦！”

听到我的祝福，正宗一边摘下手表一边说着：“谢谢您。”

目送他的身影消失在电梯大厅，我回味着河野妹刚才的话——不是男人也不是女人。直到这时候，我才震惊于她居然能在瞬间脱口说出这句话。虽然不知道她是否真的明白，但对于她竟能下意识地这么反驳，我心里十分开心。

这次调动表面上是因为河野妹的过失，将她从部门内的文艺部调到杂志小组，但其实这是提升她能力的一种考验。河野妹的校对准确性之高非常惊人，任何错误都逃不过她的法眼，难以想象她成为校对员才第二年而已。如果能在早期就先让她经历更加辛苦的杂志校对，等到将来被调为杂志的编辑时，就可以马上成为主力吧——这就是部长的想法，但让人真不知道该感激他，还是觉得多此一举。

“不是男人也不是女人。”这句话实在让我开心得合不拢嘴，就把部长真正的用意告诉沮丧的河野妹吧！我心里这么想着从走廊走进办公室时——

“河……”

“米冈！你现在有空吗？”

这家伙未免太会抓时机扫别人的兴了。明明今天是平安夜，人家正要为可爱的后辈当一回圣诞老人呢。

“嗯……”

从后头叫住我的贝冢一把拽过我的手臂，直接把我带到了楼梯间。接着环顾四周，确认四下无人以后，才压低音量悄声说：

“之前由你挑出来的那份新人奖原稿，这次有可能会得奖哦！”

“咦！真的吗？但现在就有结果，是不是太早了？”

“现在还在第二阶段的评选，但公司里的人都在说应该可以确定是这本了。我觉得到了最终评选，评审大概也会留下那部作品。”

在贝冢硬塞给我的二十份稿件中，只有一份稿子特别出色又有趣。是以大正时代为背景，属于不会有人死亡的悬疑推理小说。诡计设定得很巧妙，最重要的是登场人物都能让人产生共鸣，当我回过神时，发现自己已经看得进入了忘我的境界。如果那份稿子能够得奖，也很有机会可以推出续集。

“咦！讨厌，好开心啊！”

“所以，我想拜托你，能不能当作那份作品是我选出来的？不对，是求你一定要答应，拜托了！”

眼前的贝冢向我膜拜似的双手合十，深深低下头去。我就知道是这样——不过，恳求的时候还能这么脸不红气不喘，这男人还真是没救了呢。我夹杂着苦笑叹一口气。

“可以啊。反正我只是校对，又当不了责任编辑。”

“谢啦！下次我请客！”

“说什么请客，你每次都是动用编辑部的公款吧？偶尔也要自掏腰包啦！”

看着不停低头致意、走下楼梯的贝冢，我回想起了正宗说过的话和脸上的苦笑。

——在这个行业，都是这种人才会出人头地呢。

那个人也确实会凭借圆滑周到的处世技巧，慢慢出人头地吧。结果，我成了贝冢的圣诞老人，而不是河野妹的。

回到办公室，却不见河野妹的人影。她的东西还在，应该还在公司吧，只要在这里稍等一会儿，我就能告诉她部长真正的用意。但是，很不巧我今天要回老家，和全家人一起共进圣诞晚餐，所以必须撤了。我向还在办公室里的杂志校对小组说了声“那我先告辞了”，就拿起包离开了公司。

尽管身体和心灵都很寒冷，但没有想象中那么难过，也没有在心里诅咒正宗求婚失败，反而由衷地希望他可以成功。而且，一想到我挑选出来的稿件有可能得奖，内心就高兴得涌起暖意。待在校对部，根本不会有机会看到新人奖的参赛作品。这样的我，好像稍微窥看到了轨道之外的世界。不得不放弃成为小说家和编辑以后，建议我可以当校对员的哥哥今天也会回到老家，就和他分享一下我今天看到的风景吧。

Part 3

第三话

校对女孩身边的比起女孩更像是女人——

藤岩

悦子的研习笔记　之九

【翻页校对】就是字面上的意思，把修改前的校样和修改过的校样叠在一起，通过迅速翻页，利用残影确认有没有多出来的修改部分。也称作“残影校对”。翻来翻去，就像翻页动画一样。在银行比对印章是否相同时，也是采用这个方法。也就是用人力＋目测来进行 IT 用语里所谓的“diff”指令。Diff？从 Difficult 来的吗？一会儿查一下好了。

还有米冈说了，马克 · L． 莱斯特和马克 · 莱斯特不是同一个人，但马克 · 莱斯特是必须知道的常识。可这两个人我都不认识啊！[1]

① 马克 · L · 莱斯特（Mark L.Lester）是美国电影导演。马克 · 莱斯特（Mark Lester）是英国演员。——编者注

进入公司大约一年的时候，我知道了那些打扮得花枝招展的女同事们在背地里称呼我为“征召裤”。于是在我截至目前的人生中，别人取的绰号和像谥号一样暗中称呼我的外号清单上，又再多了一个。

但是，征召裤是这其中最不知所云的绰号。小学低年级时，我的绰号是“眼镜猴”。我想原因各位都想象得到，所以就省略不提吧。升到高年级以后，就变成了“书子”。不是梳子的意思，是书呆子的简称“书子”。虽然曾经还被和眼镜结合到一起变“眼镜书子”，但因为班上还有一个只叫作“眼镜”的同学，所以不久这个绰号就被淘汰了。我深深庆幸还好不是简称为呆子。毕竟我也是女生嘛。上初中以后，绰号分成了“宅女”和“委员长”两派。同样都是戴眼镜的角色，但我觉得两个绰号的意思似乎处于两极。况且在现在的中学里头，真的还有学生担任“委员长”这种职务吗？不是文化祭执行委员长之类的“某某委员长”，就只是“委员长”。语感上应该是指“班长”这种负责带领整个班级的学生，但实际上我并不是班长，而是教育机关指定的正确用语中的“图书委员”。再者，我也不是大家口中的“宅女”。学生时期可以当御宅族[①]的人其实很有限，因为御宅族的活动多数很花钱。出生于贫穷家庭的我，就算想要成为涉猎漫画、动画、职业摔跤或者铁路这种获得普遍世人认可的主流御宅族，也是心有余而力不足。

对于家境贫寒，又喜欢待在家的小孩而言，最方便且不用花钱的娱乐就是学习与阅读。理由我想大家都想象得到，虽然想要省略，但为了理解能力不佳或者与这种生活无缘的人，还是说明一下吧。在这世界上，存在着可以免费借书的公共设施，里头还设有可以学习的空间。虽然也有唱歌和跳舞这种只要活动身体同时不需要花钱的娱乐，但活动身体会导致肚子饿，伙食费也会因此增加。而且住在公寓，音乐和跳舞这一类的娱乐只会给左邻右舍造成莫大的困扰，这样会很难为情。还有，我是乐盲，节奏感也不好。如果有不食人

① 御宅族：多指沉溺、热衷或精通动画、漫画及电子游戏的人。——编者注

间烟火，宛如玛丽·安托瓦内特王后[①]的女人们说：“那看电视不就好了吗？家里至少有电视吧？”我要告诉你们，看电视是要付电费的。如果有蜜糖甜心（老派）般的女人们说：“那为了和更优秀的男人交往，努力把自己变漂亮不就好了？”我也要告诉你们，你们不要再自以为是，以为自己站在女生世界的顶点了！我已经有东大毕业，约好以后要一起步入婚姻的男朋友了。啊哈哈哈哈哈，看看你们的傻样！真是一群轻浮又无趣的低俗女人！男人这种生物在选女人的时候才不会只看外表，而是更注重内在好吗？

……不过，征召裤到底是什么啊？我受过什么征召吗？

“不是征召啦，是贞操。意思是 The Iron 钢铁牌的内裤。”

眼前的河野悦子张口咬下淋了巧克力酱的香蕉，一边嚼了几下后吞进肚子里，一边对我解释说。她和我同期进公司，隶属于其他部门，在出版业算是神圣不可侵犯的领域，也就是“校对部”。但是，与圣域格格不入的她，外表和言行举止都仿佛是玛丽·安托瓦内特、蜜糖甜心与时下年轻女子的

① 玛丽·安托瓦内特：法国末代王后，在政治上毫无建树，每天只是热衷于舞会、时装、玩乐和修饰花园，奢侈无度。当大臣告知玛丽，法国老百姓连面包都没得吃的时候，玛丽天真地笑道：“那他们干吗不吃蛋糕？”——编者注

化身。其他同样打扮得花枝招展的时髦女同事都暗地里称呼她为“时可姐”，意思大概是时尚又可爱吧。贞操裤。时尚可爱。两者的语境和待遇差别也太大了，真是让人火大。

“跟 The Iron 牌有什么关系……这里 Iron 的意思应该是熨斗才对吧？三流大学的水平真的很糟糕啊。”

“我们学校才不是三流大学！反正这个牌子就是叫作 The Iron 啦！”

“不过，有个服饰的品牌叫作 Iron Maiden 吧？一个非常喜欢涩泽龙彦[①]的朋友经常穿，所以这点小事我还是知道的！”

“你说的应该是叫铁娘子的乐团，或是血腥伯爵夫人伊丽莎白·巴托里为了用处女的鲜血沐浴而经常使用的拷问道具吧！里面全是钉子，看起来就很痛！而你说的朋友爱穿的服饰店应该是叫作 Victorian Maiden，但品牌还没有大众到像你这种和衣服无缘的人可以随口就说‘这点小事我还是知道的’哦！因为只有大阪才有直营门店啊！”

“Victorian 什么的不是美国的内衣品牌吗？”

“那是维多利亚的秘密！居然会从你嘴里听到那种卖华丽内衣的牌子，这是今天最让我震惊的事情了！要是你想知道

① 涩泽龙彦（1928—1987）：日本小说家。——编者注

的话，我可以从品牌的成立、理念乃至特色都说明给你听！要听吗？”

“感觉会又臭又长，还是算了。”

“听嘛！”

“不要。”

“你白买了这么多衣服，再多一点对衣服的兴趣嘛！”

河野悦子脸上带着失望的表情，把甜点的勺子舔得一干二净，双手合掌说道：“多谢款待。”

“呃，我可没有打算要请你哦。”

“我也没有要你请我啊。一般吃完东西都会讲这句话吧。”

听她这么说，我不由得看向她面前变得空空如也的甜点盘。吃得非常干净，不留残渣。回想起来，甜点前吃的主餐盛装在外观时尚的大碗里头，好像也是一颗米粒都没有留下。和她面对面吃饭，却一点也不觉得不愉快。虽然她讲话很粗俗，但说不定教养很好。

“啊，真好吃。看到了好看的衣服，又吃到了好吃的饭，剩下的就是存钱买更多新衣服了。好，明天也加油吧！”

她的表情像是充满了电，用餐巾纸擦拭嘴巴，接着拿出智能手机滑动屏幕，再把屏幕转向我问道：“喂，你觉得这件怎么样？很可爱吧？”屏幕上是件藏青色的连衣裙。

“应该很适合你吧？我又不太懂衣服，不要问我啦。”

这么有女孩气息的对话是怎么回事？我感到有些不好意思，发出的声音连自己都觉得冷漠。

“不是啦，不是我，是你要穿的。文艺编辑应该经常要参加派对吧？今天买的都是上班穿的衣服，但你也需要礼服吧？总不能每次都向森尾借，自己也预先准备几套礼服比较好吧。”

“文艺派对上基本上都是由我们接待作家，所以穿套装就够了。”

“我都不知道讲过几百遍了，你的套装真的很土！至少送去修改一下肩宽和臀围也好啊。”

河野悦子的“真的很土”的语调不是那种“你真是够了”，而是跟“真的很好玩”一样，让我觉得她真的是紧跟潮流的年轻女孩。此外，被人说土气也不是第一次了，所以我根本不会生气，但听到她要我送去修改，还是吓了一跳。居然会有人把衣服送去修改再穿，到底是多有钱啊。

回答完“我会考虑”后，两人走出店家。我在车站与河野悦子道别，忽然想起自己以为是征召裤的绰号其实是贞操裤，却忘记问原因了。反正不用想也知道一定不是什么好的意思，等之后想起来的时候再问吧。

回到家歇口气后，把买来的衣服和鞋子从纸袋里拿出，摊开在地板上。试着想象自己穿上这些东西的样子，我觉得简直像来到了异世界。对了，我之所以会知道维多利亚什么的美国内衣品牌，是因为学生时期曾去美国短期留学过（因为是交换留学，所以学费很便宜）。当年我把内裤丢进投币式洗衣机里头洗，结果缩成了只有原本一半的大小，腰部的松紧带还变得支离破碎，不得已只好买新的内裤。在当地成了好朋友的同学，带我去的内衣专卖店就是维多利亚什么的牌子。虽然不只内裤，所有衣服都缩小了，但因为全是父亲的旧棉裤和旧T恤，所以并没什么问题。反而变得很合身，真是万幸。

把话题再拉回到衣服上吧。说到为什么事情会演变成这样，是因为我现在想增长自己的见闻。这阵子发生了几件事情，让我惊觉自己的视野其实非常狭窄。

文艺编辑部里有个年纪和我相仿，名为贝冢的男前辈。这个人的外表看起来是认真正派的上班族，实际上却很轻浮。该说轻浮吗？不，应该是吊儿郎当。不对，也不是吊儿郎当，而是做人非常失败。但是，知名男作家们却都对他青睐有加，而且他给出的稿费明明不高，却总能让作品十分畅销的一群作家点头答应，为文艺月刊杂志《小说景凡》连载写稿。据我所知，后来也真的都约到了他们。

既是校对员也是真理人[1]的米冈先生和贝冢先生同期，我曾有一次问他："为什么像贝冢先生那种人，明明做人那么失败，却可以约到那么多作家来连载呢？"

——贝冢他呀，有想做的书吧。

米冈先生笑着回答。

——那就去做啊。他是文艺编辑部的编辑，这很容易吧？

我不能释怀地继续追问。

——是我说得不太清楚。我的意思是，他有好几个想合作的作家。不过，如果要为那些作家出书，我们公司一定会赔钱，所以就算提出了企划案也不会通过。也就是说，他是想为那些默默无闻的作家出书。

——我还是不太明白。

——你没听说过吗？假设有一本书能热卖二十万册，这本书的营收就可以支持首印仅四千册，而且还很有可能赔钱的新书出版。但是，只能支持三本书通过企划案。只要有一本书大卖，就可以暂时养活三个默默无闻的作家。所以他才这么卖力，拼命地去约那些畅销作家的稿子，想办法在这种

① 在《校对女孩：河野悦子，平凡不简单！》第一季中，米冈和藤岩都是作家四条真理惠的粉丝，自称"真理人"。——编者注

情况下做出成绩。贝冢夜以继日地接待那些老师，体内的器官可能都要坏死了，所以你有空就慰劳一下他吧。

不过，他做人确实是很失败呢——米冈先生补上这一刀后又笑了。我还以为贝冢会成为编辑，只是为了和知名作家搞好关系，坐享渔翁之利。然而实际上，他一直在暗地里一点一点地栽培着无名作家。知道了这个事实以后，第二天我就重新翻阅以前的会议记录，察看贝冢推荐过哪些作家，再从收藏在书库里的过期杂志中找出那些作家的短篇，好好拜读一番。多数作品都很朴实平淡。但是，却也都是让人回味再三的好故事。想不到那个人居然还有这一面！

随后，之前河野悦子负责校对的 Fraeulein 登纪子设计师所写的时尚随笔集出版了。本来这种类型的书籍，我绝对不会主动翻开来看。但鉴于贝冢这个前例，我向上司申请后，就从堆在编辑部里的样书中抽出一本带回家，单纯出于好奇地翻开书页。

我再一次体会到这世上真的存在着所谓的上流阶级。不，当然我以前就知道上流阶级的存在，但只当作是一种常识。自古以来，写下历史的都是极其少数的暴发户和无数的上流阶级，现在依然是同样一群人在推动社会的经济与文化。本以为这和学生时期过得坎坷崎岖、性格独立自强的我完全无缘，也一辈子都不会有交集。未料大学毕业以后，进入朝思暮想的出版业，我才发现这个行业里栖息着许多如今已是稀有物种的名门公子与千金小姐，尤其景凡社还特别多。例如米冈先生的老家从前其实是帝国陆军军医（和森鸥外[①]是同事！）家族，现在则在东京都内经营三家医院。听到这件事的时候，我不禁心想这样会不会有继承问题？大概是无谓的担心表现在脸上，米冈先生苦笑着说："不用担心，我大哥大嫂会负责继承。"而现在仍在持续推出作品的作家中，也有不少人出自从前拥有爵位的家族。文坛也喜欢这种有闪亮出身的作家。

Fraeulein 登纪子拥有四分之一的德国血统，祖父是德国贵族后裔。我一直毫无来由地轻蔑这些资产阶级，认为他们满脑子都只想着如何打扮自己，但其实个个学识渊博，也都熟知时尚方面的历史和经济变迁，还把这当作是一种涵养，着实令我大吃一惊。比如高跟鞋的崛起和欧洲贵族的生活习惯，女性解放运动与马甲还有可可·香奈儿。又比如 YSL 圣罗兰的首次公开募股为法国经济带来了何种影响。还有时尚在社交场所对时间、地点和场合的重要性。

书中出现的专有名词我几乎都看不懂，但有不少篇随笔

① 森鸥外（1862—1922）：日本医生、药剂师、小说家、评论家、翻译家。——编者注

都让我豁然开朗，大开眼界。读完整本书时，强烈的挫败感更是重重地压在我心上。我终于领悟到这是自己不了解的领域的学问。再加上书中没有半个错字和漏字，也没有任何语句不通顺的地方，代表了河野悦子的校对无懈可击，更是教我不甘心。这也代表我看不懂的专有名词，她全都明白是什么意思。我无法接受自己竟然会输给那种徒有外表、内心空洞的女人。

如此这般，所以我买了衣服。恰巧今天下班的时候被河野悦子叫住，说她要去百货公司，我就跟着一起前往了。在她的挑选下，买了横条纹的长袖T恤（河野悦子口中的“海军风留白条纹针织衫”）、材质很像细网的长裙（河野悦子口中的“双重薄纱蕾丝长裙”），还有一件薄外套（河野悦子口中的“A字形风衣”）。挑选风衣的时候她还说：“风衣一定要有胸前这块枪垫哦！最好也要有背上的挡风片，看起来不仅有型，下雨天也方便。还有，如果你上班用的包包是侧背包，要小心可能会勾到肩章上的纽扣。背面开衩内褶里的纽扣要解开比较可爱，记得尽量解开！”但是，我完全听不懂她在说什么。反正总计六件衣服，我全都打包买下了。题外话，河野悦子在向我巨细靡遗地说明衣服的时候，旁边听到的店员最后忍不住问她：“小姐，您要不要来我们店里工作呢？”我不禁暗暗偷笑，但一想到如果也有人想挖我，那会是什么职业呢？试着想象了一下，结果什么也想不到。太不甘心了。

因为没有勇气突然就换上新衣进公司，周末到男朋友家的时候，我先试着穿上所谓的“海军风留白条纹针织衫”。不过，下半身还是套装的长裤。

“小梨梨，你怎么了？”

一打开公寓玄关，男友的视线从我的脸部扫向上半身，瞪圆了眼镜底下的小眼睛。

“是不是不适合我？小春春，毕竟你讨厌爱打扮的女生嘛。”

“怎么会呢？小梨梨不管穿什么或做什么，都很可爱的！”

小春春来回摸了摸我的头。太好了，他今天看起来心情还不错。最近不知道是不是因为忙碌的关系，他的情绪起伏变得很激烈，有时候还会压抑到让我觉得可怕。对了，小春春的本名是绫小路公春。从我们认识到现在，称呼方式一开始是绫小路学长，交往后变成绫小路，再来是公春，同床共枕后就变成了小春春。虽然名字很像贵族，但只是普通的平民。他读公立小学和初中的时候，听说绰号都是博士。语言的力量真的很惊人。事实上，他现在的身份正是博士。如果我和他同班，又拥有发言的权力和领导能力，一定会替他把绰号取为“漫谈”[1]。那么此刻的他说不定就会穿着红色运动服，站在舞台上，逗得年长的女性们哈哈大笑了。

“讨厌。小春春真是的，小梨梨已经三天没有洗头了，你的手会脏哦。”

“小梨梨的脏，小春春一点也不介意哦。快点进来吧，我可爱的小梨梨。”

关上大门，轻轻拥抱彼此，嘴对嘴接吻以后，我走进房间。看见比起上周又增加了的资料与书籍，既开心又感到寂寞。

小春春是一面在补习班当讲师，一面又在大学继续研究工作的博士后研究员。当年我会埋头苦读考进大学，只是为了成为文艺编辑，学问对我来说单纯只是达到这个目标的手段。但是对小春春来说，学问既是目的，也是他的生存意义。资料凌乱散布着的房间，诉说着小春春的灵魂有多么神圣。和他在一起，我就觉得自己是充满私欲的肮脏人类。

对小春春一见钟情的人是我。说得再精确一点，是爱上了他写的论文。那时小春春正在研究昭和时期知名文艺评论家，知识渊博到我都怀疑他的大脑里头是不是放满了容量好

---

① 漫谈：一种表演形式，通常为一人表演，以逗趣的方式，夹杂着嘲讽与批判讲述世道。始于大正时代，命名者为大辻司郎。——编者注

几 G 的硬盘。他的满腹诗书，从他论文的字里行间中透露出……不，都满溢出来了。而且研究评论家的时候，也必须要了解评论家所评论的文学作品写了什么内容。所以，小春春阅读了评论家评论的所有作家的所有作品，也都知道作品当时的时代背景与世界局势。他还会和研究同时期作家和评论家的学生与研究生们，举办两周一次的读书会。我曾有一次出于好奇跟着参加，但那里并不是我这种“只把文学当作赚钱手段的俗人”可以踏进的世界。俨然是足以称作学术之林的圣域。

“小梨梨，你还特地跑来，真是不好意思。我今天大概也没有什么时间能陪你。”

趁着准备论文的空当，小春春还得准备讲师的工作，所以即使到了周末，也经常是无法外出的状态。

“不会，没关系啦。小梨梨只要看着小春春就觉得很幸福了。”

“谢谢你，小梨梨。你现在负责的书是什么？”

“从小一起长大的三个高中男生在退休刑警的协助下，为街坊邻居解开谜题的推理小说系列第三集。”

我一说完，小春春就露出了感到扼腕的表情，用鼻子哼笑着发出了不知道是“哈”还是“呼”的声音。看见他的表情，我心里有些难过。

我那个非常喜欢涩泽又经常穿Iron Maiden牌衣服的朋友也热爱音乐。学生时期，我在她的强迫下也跟着听了不少歌。其中有一首歌最让我印象深刻，是歌手兰尼·克拉维兹（Lenny Kravitz）唱着“摇滚已死”的歌曲。虽然我听不出来他写的歌是不是摇滚乐，但小春春说过一样的话——文学已死。

——现在这个时代的作家，一百年后没有半个人会记得他们吧。

在我们开始交往前，小春春就说过“文学已死”，接着说了上面这句话。

——嗯，一般人通常在活到一百岁之前就死掉了嘛。

——不，有些名作就算作者死了，还是能流传后世。藤岩学妹，你也看过《源氏物语》和森鸥外的作品吧？而且深受感动吧？但是，现在的文学却达不到这样的水准。事实上什么也不会留下来。不会留在人的心里，也不会留在人的记忆里。

是吗？当时我心下存疑，但对于小春春接下来说的话，却不得不点头赞同。

——例如藤岩学妹喜欢的大众作家真理惠大师，在她目前出版的著作中，有几本已经绝版了？

——已出版的三十六本作品里头，二十二本已经绝版了……

——你觉得一百年后还会有人把这些书挖出来，重新出版吗？

——这么说的话，我倾向于一百年后地球会毁灭。

——你是末世论者吗？这样不太好吧。我们又不是千禧王国的居民。

——什么意思？

——各个宗教都有过相同的言论，但引用基督教基本教义派对《启示录》的解释，应该是最简单明了的吧，也是保守派和时代论主义者最爱的思想。一言以蔽之，就是这个世界终将灭亡。但是，人类只要一想到这件事，就会心生恐惧，或是对一切都感到倦怠无力。文学中也有很多以末世论为根基的作品，但作家们拥有把这种思想升华成艺术的能力。可是，我们只是平凡的人类，拥有末世思想并不是一件好事。活在现在的我们，必须放眼未来，不该着眼于世界的灭亡，想办法将优秀的艺术流传下去。这就是活在现在的我们的使命。

明明在研究日本文学的评论家，居然连基督教也这么了解！我沉醉在小春春的渊博学识里头，结果忘了仔细问他，为什么会觉得“文学已死”。

留下能够流传后世的文学——这种念头当然也一直存在

于我心里。我也知道为什么那些经典作品，能够被人们传阅百年甚至千年。然而，我是小春春口中的“只把文学当作赚钱手段的俗人”，也就是在出版社上班的编辑。俗人只能把文学当作商品卖钱。因为若不这么做，活在现在的作家就会活活饿死。

小春春为了讲课做着准备，我也在旁边帮忙。忽然间，我发现桌上摆着一个可爱的小盒子。

“小春春，这是什么？”

我一问，小春春的表情像在生气地回答：“巧克力。”这么说来，十四号正是情人节，也是甜点业一年一度的商业大战。

“咦？这是谁给你的？不对，小春春，你会收这种东西吗？”

“因为小梨梨每年都不送我嘛。”

小春春令人始料未及的冷漠答案让我感到天旋地转。怎么回事，这是什么意思嘛！

隔周某天下班后，我莫名其妙地被邀请到了河野悦子家。当然不只有我，还有女性杂志编辑部的森尾登代子、前台今井和米冈先生也来了。我在心里打着如意算盘，一定要亲眼瞧瞧河野悦子究竟住在多么令人倒尽胃口的时髦房子里。结果没想到却是一栋又破又旧、感觉随时都要倒塌的迷你小独栋，让人怀疑没准比我乡下老家的房子还要破烂。到底要摆出什么样的表情表现我的惊讶才好，真是教我苦恼。甚至一走进屋子，所到之处地板都往下凹陷。这栋房子真的能住人吗？

“这里是你的老家吗？”

“不是，是租的。因为房租比租一般的公寓便宜嘛。”

河野悦子洒脱不羁地说，没有表现出半点难为情的样子，让我内心涌起了亲切感，虽然还是很不甘心。紧接着走进屋里的今井在背后发出尖叫：

“我的天，玄关好窄！根本没办法脱鞋子嘛！”

“你自己要跑来别人家，不准抱怨！旁边有传单吧？把传单铺在地板上，随便找地方放鞋子吧！”

“悦子，你鞋子也太多了吧？整理一下吧。”

“上面的柜子已经塞满啦！”

“你到底有几双鞋啊？”

“大概一百五十双左右吧？”

“你是蜈蚣吗！不对，连蜈蚣也穿不了这么多！”

其余三人吵吵闹闹地走进来，径自往餐桌旁边的椅子坐下。河野悦子根本没有时间歇脚，就叹着气在紧邻的厨房把一整盒的鸡蛋和水丢进锅子里，然后打开煤气炉，再把也倒了水和高汤包的大锅放在另一个煤气炉上点火。

“好有昭和风情的地方！这么老旧又狭窄的房子，我以前只在晨间连续剧里看过呢！”

今井对河野悦子住处的形容真是贴切，我忍不住大笑。

四十分钟后，煮了关东煮的大锅端上餐桌。期间，谁也没有帮河野悦子的忙，女孩子（包括像女孩子的人）们一直兴奋地叽叽喳喳聊天。总觉得从出生到现在，这还是我头一次参与很有女孩子气氛的聚会。这就是人们口中的女子会吗？当然，我以前并没有受过霸凌，每个成长时期也都会交到女生朋友。但是，那些朋友都是在女生族群中，和我属于同一层金字塔等级的人。现在这群人如果以学历来分级，最顶端的人就是我。但是，如果用女生族群来分级，我就变成了垫底的。这点自觉我还是有的。

为了庆祝河野悦子在第一次约会后还有第二次约会，以此为名义，大家各自拿着啤酒干杯，听河野悦子分享与对方认识的过程。说到一半的时候，河野悦子在附近房屋中介公司上班的朋友也加入我们，狭窄的房间变得更拥挤了。

“悦子，最后你穿什么去约会的？”

“Alexis Mabille 的连衣裙。”

“真是下血本啊！”

“但下个月还完信用卡我可能就要饿死啦！”

“那对方穿了什么？”

“看起来应该是 Ann Demeulemeester 吧？不然就是 Martin Margiela 或者是 Dries Van Noten？安特卫普六君子[①]？我没有太深入研究，所以分不出差别呢。”

对话中时不时夹杂着很像咒语的单词，除了我和那个房产中介以外，大家都听得懂，让我感觉到自己与他们之间果然还是存在一堵高墙。但我从来没有想过要去他们那一边。因为对我来说，打扮是种罪过。然而前些天鼓起勇气，穿上河野悦子为我挑选的衣服去公司以后，却受到了广泛好评。

——藤岩小姐，你还这么年轻，应该再多打扮自己一下嘛。这个样子很可爱呢。

连碰到前来面谈的年长女作家也对我这么说。工作也好，生活也罢，其实衣服能穿就可以了，为什么人类要拼命追逐外表的光鲜亮丽呢？

喝光的空啤酒罐越来越多，最先倒下的人是河野悦子。接着倒下的是疲惫而憔悴的米冈先生。除了河野悦子和米冈先生，我和其他人都没有聊过天，所以感到如坐针毡，但前台今井却一脸兴致勃勃地向我搭话：

---

① 安特卫普六君子（The Antwerp Six）：指上世纪八十年代初在欧洲时尚界崛起的比利时设计师总称。第一代共有六人，因皆毕业于比利时的安特卫普皇家艺术学院而得名。——编者注

“哎，藤岩小姐的男朋友是什么样的人？你们平常都聊什么？”

“我也很好奇。像藤岩小姐这样的人，会和什么样的男人交往呢？”

我不知所措，但还是说出了和小春春认识的经过、现在的交往模式，还坦白告诉她们他曾经说过“两三年后会成为准教授”这种狂妄的话（他的论文真的写得很棒）。说着说着，也顺势说出了他在情人节当天收到了别人送的巧克力，还对我说“我都不送给他”。

“这什么啊，笑死我了！那男人以为藤岩小姐是会买巧克力的女人吗？”

森尾大概喝醉了吧。一般这种时候如果是“女性朋友”，应该会和我一起生气，但她毕竟不算是我的朋友，所以一边说着一边还捧腹大笑。

“我也会吃巧克力好吗？”

“不是吧，我和‘时可姐’在聊巧克力的时候，‘贞操裤’感觉很不屑的样子呢。还说什么这明明只是点心制造商的销售策略，非常瞧不起我们吧？”

居然当面被叫“贞操裤”了。如果我不知道河野悦子私底下的绰号，现在会是什么反应呢？

“如果干脆傻傻地被那些营销策略蒙骗，我现在也不会这么心烦了吧？”

“也是啦，因为这种互动可以成为男女关系的润滑剂啊。就算你觉得这很无聊，但这世上没有男人收到巧克力还会不高兴。可是，那男人给人的感觉真的很差。和那种瞧不起自己工作的男人在一起，你觉得开心吗？”

森尾这番话狠狠刺在我已经产生了些许裂痕的心上。裂痕好像又裂得更深了。

“那样是在瞧不起我吗？”

“藤岩小姐很认真地在工作赚钱，这明明就很了不起啊。虽然不应该用时尚杂志来举例，但在我们这里，销售额和广告费就是一切。想方设法让读者掏出钱来，就是我们的目标。我们就是用这种方式在为日本经济做出贡献。能让钱生出越多钱的人越伟大。那么，你男朋友呢？”

“我想他应该没有为日本经济做出贡献，有贡献的是日本的文化。我很尊敬他这样的生活方式。”

“哼……是吗？那这样也很好啊。”

“你不反驳吗？”

“不会啊。对在恋爱中盲目的女人，不管说什么都没有意义嘛。只不过，我绝对不会和那种男人交往。今井，你应该也不会吧？”

今井始终在旁边安静听着，正要开口的时候，耳边突然响起了某种东西裂开的声音和凄厉的惨叫。房产中介在我旁边忽然站起来，一脚踩破了某块特别凹陷的地板。

我一直自豪自己是属于不容易被他人意见左右的类型。但是，结果我发现，这份自豪要在周围的人都和我是同一种人的条件下才会成立。过了周末来到星期一，森尾说的那些话还是在我脑海里挥之不去，盘踞在心头的不快感也慢慢扩散。连我也搞不清楚这种不快的感觉，究竟是因为上周末见不到小春春，还是因为森尾踩到了我的痛处，还是因为自己居然因为森尾说的话产生了些许动摇。甚至在讨论装帧的时候，设计师都忍不住停下来关心我："您没事吧？"不行，必须振作起来。

走出事务所，深吸一口气。时间还是二月，但今早气象预报说过，今天会温暖得仿佛来到四月上旬。这天，我再度穿上了河野悦子替我挑选的一整套服装。含着春天气息的微风吹过裙摆，看到裙子被风吹得翩翩起舞，心情也不由自主愉悦起来。果然我也是女孩子呢。走在路上的行人暂时摆脱了阴郁的寒冬，但有一半的人都戴着口罩。幸好我没有花粉过敏。对他们来说，深呼吸无疑是自杀行为吧。

为了解决校样里提出的疑问，我顺路前往离设计事务所十五分钟路程的母校。接下来负责的连载作品，是以江户时代的萨摩藩和长州藩为主题，所以我向研究这方面历史的教授事先约好了时间，下午三点直接前往研究室拜访。但想不到和设计师的讨论很快就结束了，结果我早到了三十分钟。我犹豫着是要在学生餐厅看校样，还是临时突击小春春所在的研究室，最后因为太久没回母校，决定在校园里走走。

从赤门走进校内，经过综合图书馆，往安田讲堂走去。我发现打扮得时髦漂亮的女学生好像变多了，但也可能只是因为我在校时期一心只顾读书，当年完全没有注意到而已。有不少理科学生都披着颜色已经称不上白袍的白袍，让人禁不住想问："你到底几个月没洗了？" 至于看来是文科的学生，大多是打扮得和河野悦子一样的女生。一对看似情侣的男女坐在安田讲堂后头的长椅上，脸贴着脸，低头在看同一本书。女方也穿着有很多荷叶边和蕾丝装饰，但同时又露出了很多肌肤的可爱服装。上半边胸部全暴露在外，都不冷吗？相较之下，和她偎在一起的男生却显得很不起眼。真不知道女生这么用心打扮是为了谁呢——我这么想着走过两人面前，却走到一半就无法继续迈开脚步，重新端详着男方。

"……咦？小春春？"

听到我的声音，那对男女抬起头来，紧接着男方慌慌张张地与身边的女生拉开距离。看起来很不起眼的男生，如假包换正是我的男朋友。

“小梨梨，你怎么穿成这样？怎么会在这里？”

小春春站起来，用我未曾见过的僵硬表情问。

“我来找加藤教授。”

说到这里，我就接不下去了。因为旁边的女生开口说话了。

“咦？她是绫小路学长的女朋友吗？”

小春春来回看了几遍我和那名女生后，认命似的点点头。

“咦？学长，你不是说你女朋友又土气又正经还是飞机场吗？咦？根本一点也不土气啊。”

“……”

虽然全部都是事实。虽然说的完全没有错。但是，小春春，身为一个男人，用这些词汇向别人形容自己的女朋友好像不太对吧？

后来在教授研究室的时候，小春春打了好几通电话给我。但是，我全部予以无视。因为我不知道这种时候该摆出什么表情才好。不对，是不知道该采取什么行动才好。

小春春身边的女生说完“我接下来还要上课，就先走了”，便向我轻轻点头，离开现场。由此可知她不是外校的学生。一想到她居然把女生间的金字塔等级带进东大神圣的校园里，还一点也不引以为耻，我就怒火中烧。更重要的是她的胸部大约是我的五倍。飞机场这种比喻也太过分了。我的胸的确像洗衣板，但明明是小春春自己说过，胸部有就可以了。

拖着恍若千斤重的心灵与身体，六点半过后回到公司，正好看见今井一个人从门口走出来。

“啊！藤岩小姐，辛苦了，你身上的衣服是河野小姐选的吧？很适合你哟！”

一看见我，她就露出了花儿般可爱的笑靥说，仿佛有一道光一路照到了内心深处。啊，可爱的程度真不是一般人可以比拟的。那种“大叔想和可爱的年轻小姑娘一起吃顿饭”的心情，现在的我可以痛切体会到了。怀着与中年大叔无异的心情，我不由自主一把挽住她的手臂。

“今井小姐、今井小姐，给我二十分钟就好，拜托你听我说！”

今井愣了一秒，全身僵硬不动，旋即摸着我的背问道：“发生什么事了？”

当晚由今井口中说出的最经典名言，我认为是这一句：“胸部挤挤就有了。”对于在轻飘飘可爱系女孩子间蔓延的“可爱可以假装”这种说法，我一直觉得是骗人的，根本是胡说八道。但是，听完今井说明：“假设胸部这一圈是山手线[①]，再请你想象一下早上上班搭乘的电车路线吧！然后从埼京

① 山手线：日本东京市内的一条地铁线路的名称。——编者注

线、中央线和京叶线这边，还有位置已经远到了取手和奥多摩、南房总那边，把肥肉统统都拨过来，塞进内衣里头，这样至少就可以增加两个罩杯哦。”我却莫名地心服口服。可是，取手又不是埼京线，奥多摩也不是中央线，南房总是内房线吧？

“但是话又说回来，藤岩小姐，那个男人是不是有问题？你们打算要结婚吧？不再好好教育他一下吗？”

在今井很喜欢的可爱法式小餐馆里，她一边说着一边豪迈地切开羊肉。

“你不会劝我分手吧。”

“嗯。因为我男朋友也是喜欢拈花惹草的类型啊。他最喜欢女大学生了，所以这点我已经放弃斗争了，而且他又是意大利人。”

“啊？”

“所以，既然对方还愿意打电话给你，就好好谈谈吧。他搞不好只是一时的鬼迷心窍嘛。再说了，像藤岩小姐这类型的女生，我觉得你如果错过现在这个男人，可能一辈子都结不了婚呢。”

“你好像无意之间对我说了非常失礼的话。等等，意大利人？那你们用哪一国语言交谈？”

“意大利语呀。奇怪，之前没和你说过吗？”

虽然很失礼，但在我心中感觉她就是直接从偏差值低的女大学生进阶成粉领族。我完全没想过她会说日语以外的语言。

“我的听力好像从小就很好，三岁到十岁的时候都住在英国，听说不到一个月就会说英语了呢。我爸爸觉得有趣，就让我学了各种语言，所以我现在会讲意大利语、粤语和西班牙语，虽然都只有小学生的程度啦。而且也不懂语法，也不知道怎么拼音，所以没有办法写出来。还有，因为我上的不是日本人学校，是直接在当地的学校上课，所以我现在还是不太会念汉字，也不太知道敬语怎么用呢。”

今井坦承的经历太过出人意料，我好半天说不出话来。

“既然你这么有能力，不应该当什么前台，大可以当翻译啊。”

“这又不是什么能力，我只是会简单说几句而已。而且我讨厌工作，也讨厌被人呼来唤去。虽然你说不应该当什么前台，但待在前台其实很好玩啊，还可以见到各式各样的人。”

惊觉自己说的话带有职业歧视，我不禁倒吸口气。但是，今井似乎不以为意，仔细地咀嚼最后一片羊肉吞下肚，接着感慨颇深地说：

“不过，真想不到会有和‘贞操裤’这样聊天的一天。人生真是难以预料呢。”

“哎，你说的‘贞操裤’，到底是什么意思？”

回想起了之前与河野悦子的对话，我趁着这个机会发问。

“啊，死定了。居然在本人面前说出来了。”

“之前你就常常这样叫我吧？因为不知道是什么意思，让我耿耿于怀。”

“就是字面上的意思啊，感觉藤岩小姐好像会穿钢铁制的内裤。记得有个国家会让年轻的女孩子穿上钢铁制的内裤，守住她们的贞洁吧？”

“所以是贞操带的意思啊……果然跟河野小姐完全相反。”

我叹气说完，今井就双眼圆睁。

“啊？你是说‘时可姐’吗？你们两个人的绰号明明是半斤八两吧？”

“她的‘时可’是指时尚又可爱吧？跟钢铁内裤简直是天壤之别啊。”

我心里很不服气，但今井却放声哈哈大笑起来。

“根本不是那个意思啦，河野小姐的‘时可’，意思是‘就算打扮得再时髦也可怜没人爱’。因为她隶属的校对部，可是社内最朴素最不起眼的地方哦！可是她居然还每天都打扮得那么用心！笑死人了。”

听着今井爽朗的笑声，我哑口无言，却也不由自主跟着笑了。河野悦子的处境反而比我还要悲惨嘛。活该吧，你看看你！

第二天的午休时间，我打了电话给小春春。听到他应答时没好气的嗓音，我强忍下想要对他怒吼的冲动，约好下班后在他家见面。

马不停蹄地处理杂务，又加了两小时的班，在晚上快要九点的时候终于赶到小春春家。走进熟悉的房间的同时我不禁心想：我们上一次在外面约会，是什么时候的事了呢？

“你昨天为什么不接我电话？”

在乱七八糟的房间里，一隔着暖炉桌面对面坐下，小春春就厉声质问我。

“因为我在工作。你还好意思质问我，你应该有话要对我说吧？”

“如果你是指那个女生，她只是学妹而已。你不要瞎想。”

“在我不在场的时候告诉别人我的胸像飞机场，这种行为不太好吧？我也知道自己土气又正经，所以这部分说法我还可以忍受，可是你居然没有经过本人的允许，就把别人身体上的缺陷，而且还是只有情侣间才会知道的事情告诉别人，我觉得这样很不应该。”

“呃，但这是一般人看了就能知道的事实吧。”

“这又不是重点！”

这还是我第一次在小春春面前这么大声说话。他吓了一跳，露出哀伤的表情看着我说：

“小梨梨，你变了。”

变的人是你！我按捺下想要反驳的冲动，等着他继续说下去。

“以前的小梨梨明明乖巧又可爱，为什么你会变成现在这个样子呢？”

我听了不禁紧握拳头，把冲到嘴边的话硬是吞了回去。

去河野悦子家那天，房产中介踩破了地板以后，她和今井就睡着了，结果我和森尾一直聊天聊到了天亮。她说她在小学五年级的时候交到第一任男朋友，后来就一直没有空窗期，过着始终有男朋友的人生。但就在踏入社会的第一年，和上一任男朋友分手了，此后到现在一直是单身。她说分手的理由，是“因为男人讨厌独立自主的女人”。

——看到我假日的时候还在工作，他就会露出非常受不了的表情。我被委派了大型的企划案，一定要让企划案成功，可他却一直在旁边不停地扯我后腿。我们是同所大学毕业的，但他没有和一般人一样去公司上班，而是和朋友一起开了活动企划公司，结果却经营得不太顺利。相比之下，我有着稳定的工作，每个月也都会固定领薪水，自己的工作又能体面地呈现在这世上，所以他可能觉得不是滋味吧。但是，如果会妨碍到我，这种男人不如不要，最后也就分手了。只不过持续一年以上都没有男朋友好像真的不太妙，所以我最近也很着急呢。

当时我不明白她这些话的意思，但此刻明白了。真不可思议，现在的我，也许正和入社第一年时的森尾处在相同的情况下。

森尾毅然决然地斩断了情丝。但是，我喜欢小春春。综观现在的日本，大概没有人能写出比他更优秀的论文了。而且，这四年来我们一起创造的回忆太过美好。加上今井说的也没错，要是错过这个男人，我恐怕一辈子都无法结婚了。所以我根本不敢一刀两断。

“小春春，给我看看你现在写的论文。”

“为什么？你要校对吗？”

“不是，而且这也不是编辑负责的工作。我想看，给我看吧。”

小春春一脸纳闷，但还是马上把文件从电脑转到平板电脑上，然后递给我。

我的目光扫过论文，文章就在冰冷又平坦的屏幕上跃动起来。过去那些沉睡许久的文豪们，因为他写下的文字重新苏醒，栩栩如生地恢复了活力。小春春研究的评论家所写的文章，在无数同为评论家的人当中又特别晦涩难懂，但他却将评论家脑海中宛如无止境的迷宫般错综复杂的逻辑都整理得一清二楚、有条不紊，好让日后造访这片庞杂迷宫的人不会迷路。

“小春春，你好厉害啊。”

花了三十分钟看完三分之一，我情不自禁地发出赞叹。

“真的吗？”

“嗯，小春春真的好厉害。这么优秀的论文，果然只有小春春写得出来。”

我从平板电脑上抬起头，就看见小春春捂着脸庞。还以为他哭了，但并没有。不过，看起来像是强忍着眼泪。

“小梨梨上次称赞我‘好厉害’，已经是八个月前的事了。”

“是吗？咦，你一直记着呢吗？”

“对啊，因为我一直很不安嘛。”

“对不起。”

也不明白自己为什么要道歉，“对不起”三个字就先脱口而出。

小春春把捂着脸的手放下来，眼镜上沾到了指纹。脏兮兮镜片底下的小眼睛就和小狗一样圆滚滚的。啊啊，我果然还是喜欢他。

“小梨梨，你进入公司以后，就好像不再是我认识的那个小梨梨了。”

“小梨梨还是小梨梨哦！”

“可是，你不是去了我无论多么努力都没办法带你去的高级餐厅吗？还去参加了我无论多么努力都住不起的酒店里举办的派对。一开始你还会说‘我这种人真的可以去吗’，渐渐地却开始习以为常，还一脸理所当然地说‘我真是受够了，好想在银座以外的地方吃饭’。我觉得这样的小梨梨好像离自己越来越远了。”

“……”

小春春说的确实没错。我在脑海中整理了他想表达的意思，然后问道：

“所以，你才会被自己身边看起来一点也不正经，打扮时髦胸又大的女孩子迷住吗？”

过了五秒之后，小春春点了下头。

“开什么玩笑！”

比起吓得肩膀一缩的小春春，其实发出大吼的自己更让我吃惊。

“我是在工作啊！在出版社上班，每天的工作就是要应付那些作家！我从来没想过要让小春春带我到高级的餐厅吃饭，也没有想过要和小春春一起住进那种会举办派对的高级酒店！只要能和小春春在一起，我就很幸福了。只要小春春继续写论文，我就心满意足了。不要觉得我离你越来越远，这只是小春春的妄想而已吧！而且告诉你，胸部其实挤挤就有了！兴许那女生的胸部也是假的啊！”

我滔滔不绝地讲出了长长一串，小春春也立刻反击：

“在我看来，你的工作本身就低俗得让人难以忍受！害文学沦落到现在这种地步的就是出版社！一想到小梨梨成了他们的帮凶，我就无法原……”

“你以为这世上所有人都想看那种得和怪物永无止境战斗的剧情吗？连传统的歌舞伎和能剧，都成为大众的娱乐了！古典音乐也是因为宫廷的沙龙聚会才会被创造出来！说不定一百年后三代目鱼武濱田成夫[①]和尼采的地位也会并驾齐驱，所以你不要再一味否定我的工作了！快点认清现实，小春春和我都在不同的领域里各自从事着有意义的工作！”

“三代目鱼武濱田成夫和尼采的领域根本不一样！”

“我知道，我故意的！”

就这样你一言我一语持续了三十分钟以上。交往超过四年，像这样和小春春吵架，你来我往地争辩不休还是第一次。

“咦？结果你们还是继续交往吗？”

两天后，我为了买午餐走进电梯，凑巧森尾也在，她就

① 三代目鱼武濱田成夫：1963 年生，日本诗人。——编者注

约我一起去乌冬面店，顺便问我和小春春发生了什么事。据实以告之后，森尾用力皱起眉。

“是啊。因为想说的话都说了，也摸索出了彼此可以妥协的共识。”

“是吗？早知道那个时候，我也为他加油就好了呢。可是，当时实在没有多余的心力呢。”

森尾喝着饭后的茶，双眼遥望远方。

所有人都想从事正向美好的工作。无论能不能流传后世，都想在最好的状态下把此刻眼前最好的东西呈现给世人。如果那样东西偶然地在这世上流传了很久，说不定一百年后，也会有小春春这样的人加以研究，点亮智慧的光芒。

不只小说，森尾所在的时尚杂志也是，对于我这种毫无时尚品位的人，就成了重要的教科书。虽然我现在还是不明白河野悦子为什么对时尚杂志那么执着，但如果她真的能够调到自己梦想的部门，肯定也能成为和我一样的引导读者阅读趣味的人吧。

小春春害怕我会改变，怕我们的距离越来越远，但他对于服装倒是好像真的漠不关心。“看来小春春果然也喜欢那种轻飘飘很有女人味的衣服嘛！”听到我这么说，他却说自己根本记不得那个露出半边胸部的女孩子身上穿了什么衣服。

——那你居然还敢嫌弃我土气！

——土不土气至少我还看得出来，因为真的很土嘛！可是，小梨梨就算土气还是很可爱啊！

于是乎，被说土气这件事激发了我的斗志，所以昨天就自己一个人跑去百货公司买了新衣服。今天便穿在了身上。分别是嫩草色的圆领针织罩衫，以及名字叫作阔腿裤的中长深灰色裤裙（我分不出来差别）。

“咦？藤岩小姐，身上的衣服是你自己选的吗？”

背后传来声音。一转过头，河野悦子和米冈先生正累得像摊烂泥似的往这边走来。

“你们吃饭太晚了吧？午休时间都快要结束了。”

“嗯。因为突然接到了临时工作，刚才好不容易才结束了。这件针织罩衫的颜色很好看哦，款式也很漂亮。”

米冈先生笑容可掬地说，这让我非常开心，但是——

“唉，可是鞋子太失败了。针织罩衫应该要配平底鞋和遮到脚踝的袜子才对啊。”

一听到河野悦子这么说，高兴的心情瞬间转为气愤。

“我才没有那么多钱可以买整套！和所有薪水都花在衣服上的你不一样，我还要用薪水还助学贷款！”

“啊，是吗？吃完了就快把位子让出来吧，店里没有位子啦。”

河野悦子真是太容易惹人生气了。森尾笑着起身，对两人说了声“辛苦啦！”拉起我的手臂。

走出店门前我回头瞥了一眼，只见河野悦子正一副宛如濒死小爪水獭的模样，掌心托着脸颊，大概是睡着了吧。明明对这份工作没有兴趣，却仍然那么尽责，还把自己搞得那么憔悴，她的认真让我佩服。所以，虽然火大，而且是非常气愤，但我还是愿意稍微为她祈祷。希望她有朝一日能够和我一样，到达自己想要前往的地方。

Part 4

第四话 校对女孩身边的上班族——贝冢

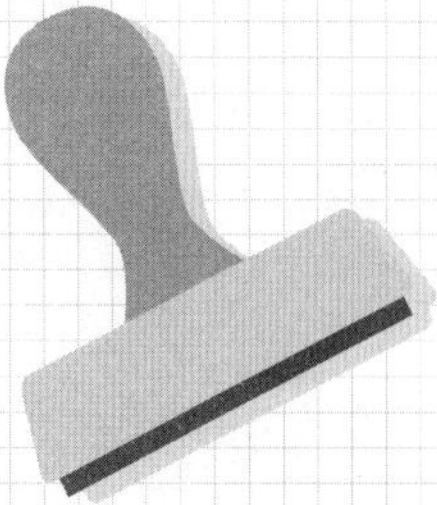

悦子的研习笔记　　之十

【红字】用红笔修改明显的错误，和必须修改不可的地方。也叫红笔字。因为直接写作“红”感觉不太吉利，有时候会写成“朱字”或“朱笔字”。

【铅笔】虽然不是明显的错误，但有疑问或建议的时候，就用铅笔写下来，再请作者和编辑确认。也叫作铅笔提问。

【擦除】在把校样送给作者之前，编辑要用橡皮擦去校对中不必要的铅笔字。（本来是要有这项作业的哦！死贝冢！）

铁板烧店的铁板的铁，和质量相同的铁比较，在铁界当中是全日本最会赚钱的铁吧。“铁”字还真多。不过，脑子开始变钝，无法分析该剔除掉哪一处的“铁”字比较好。况且在如今这个时代说到“铁界”，别人还可能会误以为是“铁道宅[①]一族”。该换成什么说法才好呢？单看“铁板烧店”这个词，也许关西地区的人都会以为是大阪烧店。不对。在出版界的文艺圈里，“铁板烧店”的铁板上通常都煎着菲力或者沙朗牛排，再不然就是龙虾或鲍鱼。不知道为什么，还会炒附赠的豆芽菜。站在铁板的立场，说不定它心里头会想：“为什么在煎了这么贵的肉以后，居然要炒豆芽菜！”一百克的菲力牛排大约要一万五千日元。豆芽菜一袋三十日元。这种差距是怎么回事？

铁——咱可是拼了命地在煎那些身价昂贵的肉大爷们！

---

① 铁道宅：指对铁道文化兴趣浓厚的人。——编者注

不是你这种随处可见的豆芽菜可以随便放上来的地方，还不快给我滚回去！

豆——啊！铁板先生，真是非常对不起！啊啊啊，好烫，住手，请饶了小的吧！

——你这蠢货！不要这么快就开始出水！全部都变得软趴趴了吧！

——因为铁板先生太烫了嘛……水分自己就会跑出来啊……

——所以我不是说了吗！这里不是你这种又瘦又长的蔬菜可以随便跑上来的地方！师傅！快把豆芽菜拿到盘子上去！

——铁板先生……小的这种廉价的豆芽菜，竟然能劳烦您为小的炒上短短的时间，小的真是幸福……永别了……

我——豆、豆芽菜……！

“贝冢，你不吃香菇的话，可以给我吗？”

“啊！好，请自便。”

坐在我隔壁的明坛社的编辑浦部昌美，用筷子前端从我的盘子上夹走了有着圆弧外形的香菇。一个新的四方形盘子在铁板附近放下，里面盛着不断冒起热气的炒豆芽菜。豆芽菜……你居然变成了这副德行。

出版界的文艺圈里，有所谓“等待会”这种活动。详细情形如果已经看过《校对女孩：河野悦子，平凡不简单！》

第一季的第二话，想必已经了解，所以我就不多说了。总之，我个人非常讨厌这项活动。当然自己负责的作家获奖时，那种喜悦就宛如置身天堂。但是万一落选了，事后还得安抚作家受伤的心灵，说有多麻烦就有多麻烦，难以笔墨道尽。

通常长期出版文艺作品的老牌出版社，每位作家都会配有三名编辑，分别负责杂志、单行本和文库本的书稿。但是，像景凡社这种“在文艺界还是新手”的出版社，大多数都是由一名编辑负责三种版本的筹划。作家落选以后，如果有人自暴自弃失去控制，变得消极萎靡，灌酒灌到吐或者醉得不省人事，让人不禁心想这位大师，您到底把人类的尊严丢去哪里了呢？这种时候大型出版社的三名编辑就可以一边苦笑，一边一起分担照顾作家的工作。但是，景凡社的编辑就只有我一个。大师，我笑不出来啊。

今天是由冬虫夏草社主办的五十六奖选拔会。历经了激烈的评比讨论，选拔会一直持续到了晚间十点半。这次获得提名的入围作家共有六人，其中一位是我负责的作家。但获得提名的作品并不是景凡社，而是由磷朝社出版的。只不过依照惯例，即便不是自家出版社的作品，作家的责任编辑也要参加等待会。从傍晚五点开始的五个半小时，气氛非比寻常，一群人就在磷朝社预约的铁板烧餐厅的大包厢里，一面等待一面聊着空洞不知所云的话题。就在等得心浮气躁的时候，冬虫夏草社的负责人打电话来了。是落选通知。现场的空气为之凝结。

呜呼，这一夜的地狱之旅要开始了——

我现在到底在干吗呢？这几年来，总会冷不防涌现出这种念头。我今年二十八岁，明年就二十九岁了。除了传媒界，那些在制造、物流和零售业等行业工作的朋友们，到了这个年纪，职称上都开始有些闪亮的头衔了。

早晨七点半，终于回到了我所住的公寓。像蜕皮的蛇一样，脱掉变得皱巴巴的西装、衬衫和袜子，沿路随手乱扔，走向卫生间，简单地冲了澡。至少可以再睡两小时吧。

这次落选的宫元彩子，已经是第四次获得五十六奖的提名。出道至今二十六个年头，现年已经四十九岁。原本一直负责她的资深男编辑因为把公司的经费都花在自己的情妇（银座女公关）身上，而非作家身上，结果被社长发现——虽然这种事在景凡社其实是家常便饭——但这一次因为前前后后总金额相加后超过四千万日元，事态严重，社长再也不能坐视不管，所以把他调到了分公司去，最后由我负责接手。担任责编至今已经两年了，累积的书稿还没有多到可以出版成单行本。

宫元的出道出版社是明坛社。

——要是你们一开始就好好用心栽培我，现在我早该拿到五十六奖了！

从铁板烧餐厅来到KTV的大包厢，以负责单行本的浦部昌美为首，明坛社的责任编辑们全都被迫伏首下跪。其他出版社的编辑们则竭尽所能与墙壁融为一体，低垂着头不让眼神与宫元对上。

——土田！你居然还敢嬉皮笑脸！

我感觉到我身旁，磷朝社负责单行本的土田市子绷紧了全身。她是负责这次入围作品的责任编辑。

——这一切全都是你的错！我不是说过这次一定要让我得奖吗？你应该向那群担任评审的臭老头磕头下跪过吧！

——……

——没有吗？喂，你心里面是不是瞧不起我？我要是得了五十六奖，也算是你的功劳啊！为了我，和那群糟老头上床又算得了什么。把功劳抢回来，让我看看你的决心啊！反正像你这种愚蠢的年轻女人也只有这点能耐而已！

土田市子紧咬着嘴唇，纤瘦的肩膀微微颤抖。接着她用力闭上眼睛，往前走了几步后跪下来，额头紧贴在地板上。

——真是非常对不起！没能为宫元老师贡献一己之力，真的真的非常抱歉！一切都是我能力有限，真的非常对不起！

另外两位编辑也跟随她的脚步，跪在地上磕头。这幕光景简直是人间炼狱——我这么心想的同时，怒吼声再度飞来。

——还有你！你也是、你也是！你们不要在旁边摆出事不关己的表情！反正你们一定在心里面嘲笑我，说我是过了这么多年连五十六奖都拿不到的悲惨中年老女人！私下很瞧不起我吧！也不想想是谁害我变成了这种悲惨的中年老女人！这一切一样都是你们的错！去死！去死！去死！现在马上给我去死！不想死就给我下跪道歉！

这是瑜伽，是瑜伽里面的一个动作，对于健康非常有效——我这样说服自己，效仿其他编辑，也跟着在后面跪地低头。要是店员刚好在这时候走进来，说不定会误以为现在是教徒的祈祷时间。之后的下跪兼说教（痛骂）时间长达了两小时之久。我倒没有因为屈辱而咬紧牙关，反倒是脚麻得想哭。更何况屈辱这种新人菜鸟才会有的感觉，我早就已经没有了。我只是一味盯着地板，等着更年期女人的歇斯底里发作完毕。

我到底在干吗呢——

冲完澡，看着卫生间镜子里消瘦到两颊都凹陷下去的脸庞，我发出已经不知道是第几次的叹息。

“咦？磷朝社的土田市子已经过三十五岁了吧？没准都

四十了，这样算年轻吗？都已经是老太婆了吧。”

正午过后在吸烟区，比我资深的前辈编辑滨野这么说。他顶着和我一样难看又憔悴的脸色进到公司，昨天也参加了另一名落选作家的等待会，是酒品和好色程度都糟糕到出了名的王寺伸治。互相报告了昨晚人间炼狱的惨状后，他就回了我以上这段话。明明都三十二岁了，长得也算一表人才，结果重点放在这里吗？

“虽然年纪不轻了，但土田小姐属于受男人欢迎的类型，可能是看这点不顺眼吧。宫元老师也是啊，好像只是年轻的时候在小说家之间长得比较可爱一点，就一直受到大家的百般吹捧。”

感觉如果再摄取咖啡因，胃壁迟早会穿孔出血，所以我没有喝咖啡，而是猛灌白开水。滨野也和我一样喝着白开水。

“现在却进化成了完全看不出以前影子的肥猪。听说是因为吃药的副作用，但真的会胖那么多吗？”

滨野不耐烦地把变短的香烟按向烟灰缸，紧接着点了第二根。

“虽然我的情况也好不到哪里去，但我看宫元彩子已经完蛋了吧？毕竟在业界大家都心知肚明，五十六奖的提名最多只会获得五次。这几年那个老太婆不知道是因为生病还是更年期到了，变得超级难搞，以后她也不可能会有什么长进，更不会有出版社愿意协助她更上一层楼吧。贝冢，你现在手边有她的稿子吗？”

“现在进行的没有。”

“那就放弃吧。把心力花在其他可以赚钱的作家身上，打造出畅销作品吧。”

“是。”

“我们现在很不妙啊，明年再没有任何作品大卖的话，文艺编辑部可能会缩编。”

“咦！现在人手就已经够少了啊……”

胃又更痛了。滨野捏起喝完的空纸杯，把还相当长的香烟扔进烟灰缸里，说着“那我要去开会了”就站起来。我目送他的背影离开，目光顺势投向墙上的时钟，看时间我也差不多该出发了。手上负责的一套推理小说系列即将改编成悬疑风的两小时电视剧，所以要和电视台的人碰面详谈。我和负责洽谈授权影视改编的版权部职员，约好了在电视台的入口大厅会合。

如今这个世道，小说就算改编成了两小时电视剧也不会热卖。不过，因为可以收到微薄的授权费用，作家的心情也会变好，所以影视改编的邀请还是令人高兴。我回到自己的座位，拿了外套、大衣和公文包，离开部门。

等电梯的时候，从上行的电梯里头走出了后辈藤岩。

“前辈，您辛苦了。脸色很糟呢，身体没事吗？”

藤岩问我。她脸上没化半点妆，眉头皱了起来。

“嗯，虽然有事，但我可是上班族。”

“哎，说的也是呢。”

真希望她可以再关心我一下。但是，藤岩轻轻低头致意后，就快步离开了。

藤岩是我的第一个后辈。从我入社被分配到文艺部已经四年了，但文艺编辑部迟迟没有新进员工。确定会分配新人进来以后，滨野还兴奋不已地呐喊：“我们部门终于要有年轻的女孩子了！”但是，一看到藤岩本人，他对“年轻的女孩子”就失去了兴趣。因为藤岩简直是土气又不苟言笑的化身。

——应该分配那种可以提升我们工作动力的女孩子过来才对吧。不是还有两个新人吗？那两个女生好多了！

起先我很同意滨野的抱怨，但实际上见识过藤岩在工作上的表现以后，我却开始觉得，也许她能够为景凡社的文艺编辑部注入一股新的活力。

废话少说，提升销量就对了！别做卖不出去的书！只要联系畅销作家，赶快拿到他们的稿子就好！这就是现在景凡社文艺作品的战略方针。文艺编辑部每个月必须出版的数量是早就决定好的。每间出版社的情况都不一样，有些公司会设定“全年新书出版指标”或者“全年整体出版指标”，但景凡社为了配合既有的广告空间，设定为“每月出版指标”。但是，不可能每一本书都是“知名畅销作家”的作品。因为每个作家能写出来的书稿有限，更何况也没有那么多“作品必定畅销的作家”。这种作家，几乎是所有出版社都排着队在等他的书稿。

景凡社的文艺部门，去年和今年都流年不利。虽然集结了作品销量都还不错的作家，但已经连续两年都没能抢到超级畅销作家的稿子了。不过，去年我和滨野还是想尽办法要捧红一部作品，在营销会议上热血沸腾地主张:“这本书一定能大卖！”于是各做了一本首印皆有三万册的小说，甚至单独在报纸上打了广告。然而，结果实销双双卖不到五千册，害得公司损失惨重。自此以后，营销部再也不相信我和滨野说的话，我们已经有好一段时间都不敢冒险尝试了。

在这种情形下，藤岩脚踏实地，真的是非常脚踏实地地挖掘作家。虽然首印量都不高，但每一本书的实销统统超过八成。既没有热卖，也没有大量的加印，却每一本书都能盈利。踏实稳重，是编辑真正该有的姿态。

我总有一天也能变成像她那个样子吗——

电视台的墙上到处都贴着“贺 ××%！”的纸张，庆祝收视率节节攀升，上头的红字映在我睡眠不足的眼里非常刺眼。无论哪个地方，都跟在数字后头跑得团团转。在这么气派的大楼里，肯定也有员工和我一样郁郁寡欢有苦难言吧。走向会客室时，眼角余光在敞开的门后头瞥见了有如大型垃圾场的办公室，我不禁暗暗想。

工作日的晚上是接二连三的年终宴会，星期六一大早为了陪作家打高尔夫球比赛，假日还得出公差。十二月的高尔夫球场冷得要命，地点还在木更津。隆冬时节跑到冷风呼啸的户外打高尔夫球，根本就是脑子有病。陪着作家一直打到了下午三点左右，才回到东京都内。在银座的寿司店简单地吃了晚餐，一行人再鱼贯前往作家中意的女公关所在的俱乐部。趁着这个时候，我向其他出版社的编辑表示要先行告辞，终于勉强在约好的晚上八点赶到川越的家庭餐厅。

“贝冢先生，你脸色很难看啊。”

已经先一步抵达，在拥挤的店内喝着咖啡的田卷悠太一看见我就说。

“不好意思，这么无精打采地过来。你还没吃饭吧？想吃什么尽管点。”

“谢谢，你真是我的救命恩人。”

大我两岁的青年喜不自胜地看着菜单的模样，散发出一种纯洁无瑕的气质，光看着就觉得心灵受到了洗涤。不，其实他的衣服又皱又烂，头发也乱七八糟，但这世上真的有些人的纯洁会从灵魂里头透出来呢——每次看到他，我都会这么想。

田卷悠太是五年前得了冬虫夏草社新人奖的作家。我看了他在杂志上刊登的得奖作品。在我看来，田卷的能力在当年所有新人奖的得奖作家中是最出色的，却直到现在都还没能出版第一本书，冬虫夏草社对他也早已是不闻不问。目前他在景凡社的文艺杂志《小说景凡》已经刊载了六篇短篇，稿量已经累积到了足以发行短篇集的单行本或文库本。但是，我提出的出版选题已经连续两次都在编辑会议上遭到驳回。

仔仔细细地把菜单看过一遍后，田卷点了荷包蛋汉堡排加白饭，又点了香草冰激凌当作餐后甜点。

“你不点色拉吗？”

“我吃不了那么多。”

两年前田卷得过胃溃疡。他本来在黑心企业里当着用完即丢的免洗员工[①]，于是以此为契机辞掉工作，如今在看护中心当兼职的打杂人员。上一个公司的薪水东扣西扣后实际收入为每个月十七万日元（一百七十个小时的加班费已包含在内），现在却变成了每个月只有九万日元，但是可以准时下

① 有些企业经常频繁换新员工，对老员工用完即丢，把他们看作免洗员工。——编者注

班。虽然我一直想尽快让他发行单行本，但现在我还无法让选题通过。

“对了，贝冢先生，上次你说过对方是 C. C 的美女编辑吧？圣诞节约她一起出来过吗？”

“啊，没有，总觉得现在好像不是时候。最近太忙了。”

“用太忙当借口，会让所有机会都溜走哦。”

田卷的声音沉稳，但因为这句话是根据他自己的经验，所以听起来格外有说服力，沉甸甸地落进我心底。他注视着我的双眼很澄澈，却也漆黑得看不见尽头。

冬虫夏草社的新人奖是短篇小说奖，一年会举办两次，所以就算得了奖，也无法马上出书。再加上冬虫夏草社要求得到自己公司新人奖的新进作家，每个月都要产出换算成稿纸有一百五十到两百页的稿量。数量足够的短篇抑或长篇小说皆可。总之就是要求作家写出东西来，再观察情况，发现有人跟不上就毫不犹豫地舍弃，只留下有体力和心力写作的“可以赚钱的作家”。这对每个月都得无偿加班一百七十个小时的田卷来说，根本是不可能的任务。他忙得没有时间写小说。结果，得奖后仅过半年的光景，就被冬虫夏草社抛弃了。要是那时候田卷勇敢地舍弃安定的收入，毅然决然地全心投入小说家这种看不清未来的行业，也许现在虽然还不能跻身畅销作家的行列，但起码也养得活自己吧。时至今日，那份后悔仍然啃蚀着他的心灵。目前只有我和明坛社的浦部昌美还与他保持联系，浦部也哀叹着选题总无法通过。

看着田卷开心地大口吃着端上桌的荷包蛋汉堡排，我沉痛地切身体会到，如果只会一味找借口，确实无法开拓出前进的道路。

就在新年刚过一个月的时候，我所负责的作家本乡大作引发了失踪的骚动。这件事在文艺圈内闹得很大，但在我心里，“被 C. C 编辑部的森尾甩了”这件事更严重。

——我明明很讨厌文艺部的编辑，难道你都看不出来吗？

正当所有人都为了失踪事件闹得人仰马翻时，我还是挤出时间邀请森尾：“情人节那天晚上要不要一起吃个饭？”结果这就是我得到的回复。田卷你这骗子！

每次出版以年轻女性为读者群的新书时，我和滨野都会为了见森尾跑到 C. C 编辑部进行宣传。因为只有这个机会可以和她说上话。滨野是已婚男士（老婆以前是模特儿），大概只是抱着简单的想法，觉得可以和涉世未深的漂亮女孩子聊聊天很幸运吧。但是，我是认真的。自从她进入公司，我就注意到了这位看起来性情高傲的美人。完全正中我喜好的红心。

——为……为什么会讨……讨厌我们呢？

——你真的不知道为什么吗？你们每次出了书都拿过来强迫推销，因为是自己公司的杂志，就一副请我们把书讯刊登在杂志的文化专栏上是理所当然的样子。可是，专栏介绍的书跟出版社根本没有关系，都是负责写书评的写手自己选的。为了把临时要求的书评也放进去，我们每次都要低头拜托写手。明明支付的稿费一样，却要对方再义务多花一点时间。这点道理你们编辑不是应该明白吗？再说了，你们知道负责写书评专栏的写手叫什么名字吗？

——……

——既然要麻烦人家，至少要查一下对方叫什么名字吧。还有，为什么你们的态度都那么高高在上啊？要求的语气也很傲慢，你是不是以为我现在很累，就可以轻易地约到我？

我答不出话来。关于态度高高在上的问题，滨野是因为他是某大客户领导的儿子，和我们出版社某领导的儿子互相交换，靠着关系进入彼此的公司，是走后门世界里的超级精英。至于我，只是因为太过紧张，不知道该怎么接近森尾。换作对象是作家，不管对方是什么样的人，我都能和平常一样说话。但是，森尾不仅长得漂亮，又在女性杂志担任编辑，对我来说完全是另一个世界的人。所以为了展现出自己有男子气概的一面，才会只懂得摆出旁若无人的态度。

见我语塞，森尾往我这边轻蔑地瞥了一眼，就轻轻低下头转身离开了。好一段时间我都呆立在原地，大脑一片空白。

不，不对，她并不是讨厌我。她一定是已经有男朋友了，但不想被我知道男友的存在，才会故意对我说些伤人的话好掩盖事实；这些狠毒的话语是她温柔的表现，也是对我有些许好感的表现，一定是的。我坚定地这样说服自己，才勉强让自己熬了过来。

于是情人节过了两天后，我出现在居酒屋。

“实在太好笑了，森尾也太赞了吧！”

眼前校对部的河野悦子正一边用怜悯的眼神看着伤心的我，一边放声哈哈大笑。这家伙对脸部肌肉的运用还真是神乎其技。

“你真的失礼到了无可救药的地步了。”

“对方对我都没有礼貌了，我也没有必要以礼相待啊！咦？怎么，她都已经当面说得这么狠了，你现在还想来问我要怎么做才能和森尾交往吗？我之前就说过了，你完全没有希望啦！”

河野用让人恨得咬牙切齿的表情斩钉截铁地说，让人很想从她的额头直至下巴一掌扣住，再使足吃奶的力气捏烂。不过，事实上她说的也没错。

“那你自己呢？看你这种样子，绝对不受男人欢迎！”

“很遗憾，我可是有对象的哦！而且还是超帅的帅哥！”

“咦！什么时候！”

“就从前天开始！”

看着她用可恨又得意的表情宣布事实，虽然连我自己也不敢相信，但心里却有些焦躁。我一点也不想承认那种心情就是嫉妒，出于不甘心口不择言，说出来的话连我自己都觉得丢脸。

“反正像你这种女人，一定只看外表而已啦！”

“你是白痴吗？要是没有外表这扇门，你要怎么走进对方的心？明明你自己也只对森尾的脸感兴趣，没有查过她在 *C. C* 负责哪几页，平常又都在做哪些工作吧！”

她扔回来的反驳真是让我自打嘴巴，一句话也说不出来。

“明明做一样的工作，你和滨野先生真是天差地别。感觉他就很受欢迎。”

但听到接下来这句话，我就不得不回嘴了。

“他那种像人渣一样的人哪里受欢迎了！”

“咦？他哪里人渣了？滨野先生如果要发校样给我们，一定会自己先确认过一遍。除了校对指示文件之外，还会把希望我们能够仔细确认的部分用纸条标示出来。如果有地方明显写错了，他也会自己用红笔校对。像他做事这么细心的男人，感觉就很受欢迎啊。”

“他还会做这种事情啊？”

从他平常的言行举止根本想象不到，还以为河野口中的滨野是另一个人。但是，我们公司里名叫滨野的同事就只有他一个。

“嗯。还有啊，如果遇到比较困难的校样，他也一定会送点东西犒劳我们。上次还带了‘Rusurusu’的可爱饼干给我们呢！这些行为女孩子都会打很高的分数，而且饼干也很好吃！”

这些事实太过出乎意料，我甚至感到晕眩。在编辑部的时候，滨野那张嘴根本吐不出象牙来，老是说些让人感觉很不愉快的歧视性发言。像是“只要年过三十，所有女人就都是老太婆”，还说“丑女根本没有活在这世上的价值”之类的。对于看不顺眼的作家，也时不时就诅咒对方“真希望那家伙早点去死”。一开始被分配到编辑部的时候，我还觉得“这个人真讨厌”。但是，久而久之却开始觉得，大家好像都是这样。与其说是习惯了、麻木了，不如说是平常和他相处久了，自己的思考模式也被他影响了。

“总觉得被骗了。”

“你什么意思？”

“因为他在编辑部的时候，真的就只是个烂人啊。我没有夸张，从人品的角度来看，他绝对是人渣。”

“是吗？可是，只要他人渣的那一面没表现给我们看就好了吧？又不是要当男女朋友，只要工作起来愉快，我们才不在乎他为人怎么样呢。”

“咦？是这样吗？”

“就是这样啊。所以反过来说，假使你的本性其实非常善良，虽然我是觉得不可能啦，但早在我和你没办法愉快合作的那一刻起，你就是人渣了。”

“在我心头的伤口上抹盐再刺一刀很有趣吗？”

“是你先叫滨野先生人渣的吧？要是会为了这点小事就受伤，那干脆别和人类来往算了。”

河野咕噜咕噜地喝光剩下的啤酒，“砰”的一声把杯子放回桌上。当我回过神，才发现自己连一口都还没吃，点的菜就已经全都进了她的肚子里。

女人啊，只要送给她们甜食或是会闪闪发亮的东西，再适时地体贴关心一下，就会照着我们想的那样乖乖行动了。不论在哪个组织，一个人的风评通常都由女人说了算，所以你也要懂得运用这几招啊。

第二周，我在吸烟区向本人确认了河野的说辞以后，他就告诉了我上述这些话。果然这个人讲话真是人渣到了极点，但人渣到这种地步，反而让人觉得神清气爽。

“听说你还会在校样上，把希望他们能仔细确认的地方用纸条标示出来。”

“我只会把自己确认过后还是不太肯定的地方标出来而已。有时候要是参考文献的时代不对，内容就会跟着写错吧？啊，但有些作家只照自己的规则走，才不理出版社的规则。这种时候我就会全部写在指示文件里头，省得之后还要花时间修改。还要用橡皮擦掉注记太麻烦了。”

“这些事我都不知道。真亏你有时间做这种事。”

“哪有时间啊，都是挤出来的。”

我忍不住叹气。这时，滨野的手机响了起来，看了眼屏幕，他就急急忙忙地捻熄香烟，冲出了吸烟区。

当晚，很巧地两人都没有和人约好要谈公事，滨野就邀我一起去喝一杯。可能他也想再多聊聊白天在吸烟区的话题吧。

“其实啊，我真正想做的是外文。”

喝完第一杯啤酒时，滨野开口说。外文不是学习外文的外文，而是指外国文学的翻译小说。

“咦？可是滨野先生入社的时候，外文的丛书系列就已经暂停了吧？”

“不，是在我入社那年暂停的。”

滨野一出生就是精英子弟。但是，也因为家庭的关系，他注定只能进入景凡社工作。互相靠关系走后门，就像领主们过继养子或者政治联姻一样，算是一种人质，让两个公司可以合作得更加融洽。换句话说，是“只要隶属于公司就好”的存在。也因为这样，他可以自己选择想去的部门。单看外表绝对是人生胜利组之王的滨野，却没有依着外表给人的印象，进入景凡社主力刊物时尚杂志部门，反而选择了在业界中算是弱势族群的文艺编辑部。

原来是因为这样吗？我今天终于恍然大悟。以前，景凡社曾经出版过外文丛书。这似乎是当时的社长的兴趣，但社长一换人，这个系列也就暂停了。

“贝冢，你听过费利斯·霍尔曼（Felice Holman）[①] 这位作家吗？”

“没听过。”

“我想也是，大概谁都没有听过吧。”

没有任何人听说过的作家，究竟还算是作家吗？据滨野说，他是在小学的时候读了这个作家的小说，成为启发他的经典名著。身为孤儿的少年，无家可归，饱受迫害，逃离地面躲进了纽约地铁居住，靠着贩卖别人丢掉的报纸，孤立无

---

① 费利斯·霍尔曼：作家，1919年生于美国纽约。代表作《地下121天》。——编者注

援地努力求生。好像是这样的故事。滨野说是平常几乎没有任何交流的父亲送给他的礼物。

“感觉上……故事本身和滨野先生完全没有共同点呢。”

“是吗？我们家不是很有钱吗？在有钱人家出生的小孩子包括我在内，通常个性都很讨人厌吧？我觉得这是父亲在提醒我，不要只会坐享自己天生拥有的优渥环境。另外可能也想提醒我，就算以后家道中落，也要让自己拥有不管处在何种困境，都能够存活下去的力量吧。”

怎么话风突然变得这么励志感人，害得我坐立难安。不对，这家伙可是人渣呀。我提醒着自己，继续听他说下去。

因为父亲送的一本书，从此滨野开始看起了翻译小说。通过阅读，他也开始和父亲交谈。进入景凡社的时候，滨野也以为自己一定可以负责外文系列，岂料该部门在他入社的时候就马上解散了。没读过几本日本小说的滨野，无可奈何下只好负责国内作家的出版策划。

“如果说起村上春树，只要是有一定年纪的日本人都知道。可是，像是托马斯·特兰斯特勒默（Tomas Tranströmer）[①]和卡米洛·何塞·塞拉[②]（Camilo José Cela），居然连编辑也都没

① 瑞典著名诗人，被誉为20世纪最后一位诗歌巨匠。——编者注
② 西班牙作家、诗人。——编者注

有听过他们的名字，你不觉得这很不可思议吗？”

“我也都没听过。”

“这两位都是比较近代的作家，也都得过诺贝尔文学奖。我记得一个是瑞典人，一个是西班牙人吧。”

“你真的很喜欢外国文学。”

“因为我从小就是看外国文学长大的啊，只是对日本作家没兴趣而已。啊，我刚才说的这些别告诉任何人。工作上不管是多么让人不爽的对象，我都能做到不让对方有挑毛病的机会。”

“我知道，我不会说的。”

大概是自己也意识到这些话不太恰当，滨野又提醒我了一次“不能说哦”，然后点火叼起香烟，吐出长长的白烟。

“等我哪天升职了，说不定就可以再重新出版外文系列了。所以现在为了快点升职，才会努力提升我在女同事心中的形象。啊！麻烦死了，现在所有上面的人就不能快点去死一死吗？”

“……”

这么感人的对话，结果最后的结语真是烂透了。

我现在到底在干吗呢？不对，是我应该要振作起来吧——新的一周我这么想着，就看见报纸的社会版面上大篇幅地报道着一则消息：“作家王寺伸治疑因嫖宿未成年少女遭到逮捕。”星期一早晨，因为前一天陪打高尔夫球的肌肉酸痛和应酬陪酒的宿醉还未消退，所以我花了五秒钟的时间才理解报纸上的内容。报道写着，王寺与一名少女进行性交易，还在酒店对她施以性暴力。交易途中少女撞到了要害，引发脑震荡，王寺误以为少女死亡，就把昏倒的少女丢在房里，自己落荒而逃。因为到了退房时间也没有办理退房，打电话提醒也无人接听，察觉有异的酒店服务员前往房间一看，就发现少女全身被绑了起来，倒在血泊中昏迷不醒。紧急送往医院之后，清醒过来的少女在警方的讯问下，整起事件才被曝光——这简直是两小时推理剧场般的剧情发展啊！我十万火急地打开电视，正好早晨的娱乐新闻也在报道这起事件。

——五十六奖落选，失志作家的自暴自弃？人气作家王寺伸治猥亵十五岁少女！

看着电视上这么触目惊心的字幕，我“呜哇——”一声想捂住双眼。而且此时下一次的选拔已经开始了，偏又提到“五十六奖落选”，真是哪壶不开提哪壶。

早在很多年前，在辣妹风潮席卷整个社会的时候，报纸媒体三天两头就会报道援助交际这项社会议题。虽然现在这方面的报道已经稍有沉寂，但其实这种现象仍然普遍存在。听说多数当事人都不至于真的被逮捕归案，但偏偏这次被逮捕的是作家。再加上率先揭发这则消息的又不是周刊杂志，而是报社。我们公司那些守在警局的记者到底有没有在工作啊？

由出版社发行的周刊杂志，只要作家没有谋财害命，都会竭力保护作家。但是，一旦消息先被报社或电视台报道出来，出版社也无法一手遮天。我整个人瞬间清醒过来，同时责编滨野的脸庞浮现在脑海。紧接着想起了他今后的出版计划，“啊”地捂住嘴巴。

我手忙脚乱地从公文包里拿出电脑，接上电源开机，确认至今收到的田卷的书稿档案都还在。然后再翻开名片夹，找出以前和米冈一起喝酒时拿到的印刷厂业务员的名片。记得名字很有古装剧的风格。我回溯记忆，终于找到了疑似那名业务员的名片。

正宗信喜。公司名称是凹版印刷。

没错！是《小说景凡》这四年来合作的印刷厂。那他们应该有已经校对完毕的书稿档案。

我难得上午就进公司报到，发现文艺编辑部除了藤岩以外已经全员到齐。而滨野正对着部长发动攻势。

“就算要不择手段也要做出能卖钱的书来！这句话不是部长您自己说的吗？为什么现在又不能出了！”

……果然。我轻手轻脚把公文包放在自己的位置上，走到部长的办公桌前。

遭到逮捕的王寺伸治的最新作品，预计将在下下个月由景凡社发行。这是滨野一直筹划至今的选题，本来希望能够成为五十六奖得奖后的第一本作品。虽然落选是在意料之外，但王寺的最新作品仍是滨野今年想一决胜负的得力之作。

“到时候书出了当然会掀起话题，但是这个作家不但嫖宿未成年少女，还对人家施暴，一般社会大众都难以接受。滨野，这点道理你应该懂的吧？”

“我才不懂！既然可以造成话题，更应该要出吧！现在只有我们家手上有王寺老师足以出成单行本的稿量。要是一年后、两年后再出，绝对不可能达到现在预估的销量！部长要眼睁睁错过这个赚钱的机会吗？”

滨野说的没错，一旦出书，势必会大卖吧。但是，出版社的企业形象也将一落千丈，变成“替嫖宿未成年少女的作家出书，让犯罪者赚钱的出版社”。景凡社的主力刊物是女性时尚杂志，所以绝不会容许这种事情发生。最后，部长没有说“我会再和上级讨论”，也没有请营销人员分析利弊，就凭着一己之见决定了中止出版计划。滨野气得脸都歪了，一脚踹飞垃圾桶，大步走出办公室。

虽然对滨野很过意不去，但我立即上前和部长商量，能否改为出版田卷的单行本。

“现在都还来得及！印刷厂也马上就可以提供之前刊登在杂志上的终校档案，拜托您了！”

在进公司之前，我打电话向正宗确认过了。王寺的新书原稿已经发付给了凹版印刷。上周四才刚出初校的校样，封面设计通常是在一个月前才加上去，所以也还没有校色。两边的损失都可以压到最低。

——贝冢先生，加油！我会支持您的！

当我告诉正宗，如果王寺的新书出版计划中止了，我会问问部长能不能改为出版田卷的书，正宗就大力为我加油打气，让人听了很开心。我低下头等待，眼前的部长沉默良久，又过了几秒之后，说：“你先把之前刊登在杂志上的原稿复印件拿来给我看吧。”

虽然不希望是在这种情况下出版，但最终田卷的单行本处女作还是非常临时地插进了下下个月的新书出版预告里。就在猥亵案发生的第二天。

——剧情很平淡呢。

看完原稿，部长说了评语。

——是很平淡，但是，故事本身很棒吧？可以打动人心。

——贝冢，这本书你真的有胜算吗？可以现在马上发排，拿到初校稿，再把校样发给各大书店吗？有办法赶在腰封下印前拿到书店店员的感人书评吗？

——我一定会发出去，一定会拿到书评，包在我身上！

——虽然已经做好了会赔钱的准备，但既然要出，还是希望多少可以保本啊。

晚上七点，田卷的电话终于接通了。他听完我的报告，在沉默许久后才用茫然若失的声音问我："真的吗？"

"当然是真的！可以出单行本了！我现在就去川越找你，你时间方便吗？我们一起想策划案吧！"

一小时后，我和田卷在川越那间常去的家庭餐厅碰面，简单地举杯庆祝。干杯以后，趁着还没有喝醉，我把几个装帧设计师的作品集和白天想过的——其实是一直以来都在构思的腰封方案拿出来，让田卷过目。

"呃，关于封面，封面的腰封上应该会放书店店员的评语，然后字体加大，至于封底……这部分可以随我们自由发挥。"

"咦？书店店员会看我的书吗？真的可以拿到他们的感想吗？"

田卷从档案夹上抬起头来，一脸不安地问。

"他们会看的，你放心吧。等他们写好评语，我会全部拿给你看。"

"我的书上面会有书店店员的评语，还会摆在书店里头吗？真的吗？”

“当然是真的啊，现在你总该相信我了吧！”

“因为，我实在不敢相信……我太高兴……了……”

说到最后他像没电一样中断，再也发不出声音来。田卷用掌心捂住嘴巴，低下头去。看着颤抖着肩膀静静哭泣的田卷，连我也想跟着哭。

白天的时候，我联络了田卷在冬虫夏草社的责编。因为要在非新人奖得奖出版社的景凡社出版他的单行本处女作，得要征求对方的同意。至少也要打声招呼，这个步骤不可避免。

——很遗憾不能由敝社为他出书，还请您多费心了。

——是的，谢谢您。

——田卷先生并没有停笔呢，倒是这点更让我惊讶。请代我向他问好。

过了三分钟后，田卷大口深呼吸，抬起脸庞。

“之前贝冢先生不是和我说过，五十六奖的等待会结束以后，宫元彩子老师大发脾气，让大家苦不堪言吗？”

“啊……是啊。”

当时我想找个毫无关系的人抱怨，忍不住就对田卷诉苦了。他俨然像尊菩萨，耐心倾听我说话。但没想到——

“我一点也不觉得那有什么好辛苦的。听你说的时候，我心里还有点不安，原来贝冢先生这么容易受到打击。”

“……”

“我以前不是在无良企业上班吗？我想那里的世界，大概贝冢先生你们这种在一流企业当正式员工的人根本想象不到吧。如果只是下跪再加上被骂到狗血淋头，对方就愿意原谅你们，这已经算是很轻松了。在那个世界，下跪根本没有意义。遇到那种难伺候的客人是家常便饭，只要客人要求更改样式，我们就必须从头全部重做。要是出了问题，找到原因之前绝不会放我们走人。你们下跪的时候还能吃吃喝喝，已经算很好的了。实际上人类就算没有正常吃三餐，只补充水分和糖分，照样可以再工作四天的时间。就算不睡觉，只喝营养饮品，也能再工作一星期。这就是我以前在做的工作。”

“你居然能活下来啊。”

“因为我打定主意，在成为作家之前绝不能死。所以只是因为下跪就抱怨，其实很幸福了。我不认为这样的人会为了我和公司力争。而且，虽然我根本无法知道像宫元老师那样知名的作家会有什么样的心情，但是这次没能得奖，我想宫元老师是真的很痛苦很难过，也非常不甘心吧。贝冢先生明明应该要支持她才对，你却没有去理解宫元老师的伤心与不甘，只想着要怎么撑过那段时间。所以我才觉得，那你对我也只是说说场面话而已吧。其实之前，我根本不相信贝冢先生真的能够帮我出书。对不起。”

“不，这是我要说的话，对不起。”

怎么说呢，很多方面都让我的心很痛，无法再说出更多话来。

田卷先生并没有停笔呢——冬虫夏草社的编辑说过的这句话闪过脑海。他一直都在写。在他说的下跪还算是轻松的那种情况下，他一直都在写。就算写了也出不了出道单行本的作家比比皆是。就算出得了第一本书，出不了第二本书就消失在这世上的作家更是多如繁星。单凭我一个人的雄心壮志，说“我绝对不会让这种事情发生”根本没用，能不能出版下一本书，全取决于这本书的销量多寡。

“我会加油的。”

田卷说的这一句话，也正是我想说的。

初校的校样以异常的高速很快出炉。正午过后，正宗送来了两份刚印好还热腾腾的全新校样。比起快递，自己亲自送过来更快。

“谢谢你，真是帮了我大忙。”

“希望这本书可以大卖！下次请一定也要找我们！最好是印量大、印刷工艺复杂，或是我们可以赚很多钱的书！”

正宗脸上的笑容极其爽朗，仿佛可以听见亮光效果音，狮子大开口地说出野心宣言，然后就急急忙忙地离开了办公室。我也站起来，打算直接把校样送到校对部，但又改变主意，在桌上摊开校样。

目前为止我主要负责的，都是已经“有一定实力”的作家。像是从被调走的前辈那里接手的作家，和虽然有知名度，但景凡社还没有合作过，由我约到稿子的作家，以及从前的作品曾经畅销，却长年来都苦于写不出作品的作家。这一类作家，不需要再有“栽培”这个过程。我都是从其他人栽培出来的，已经被市场检验过的作家身上获利。对于这种行为，我从来没有任何疑问。行业里的人也都是这么做，所以大家是半斤八两。

那么是否有朝一日，其他编辑也会从我所栽培的田卷身上获取利益呢？

我一边看着校样，一边写下校对指示文件。所有地名皆为虚构，所以不需要确认。小狗会说话是正常的。数字请统一为汉字表示。依照作者的希望，动词“関る”的送假名不需要加“わ”，柔软“柔かい”的“ら”也是——等等诸如此类。

麻烦校对部同事了。

最后写下这一句话，我用长尾夹把校样固定起来，送往校对部。

“哎呀？贝家，怎么会是你拿过来？”

把整叠校样递给校对部长后，他眼镜底下的双眼瞪得老大。

“这份校样是代替原本要出的王寺伸治的新书。因为是临时发排，所以印刷厂的业务员直接送来给我了。”

“哦，还真难得。贝家居然会担任这种名不见经传的作家的责任编辑。”

“校对工作就麻烦你们了。”

看着部长收下校样，正打算要离开时，发现藤岩就在米冈的座位旁边。她正好起身，似乎也准备要走，我们自然而然地一起走进电梯。

“我听说了，恭喜你。”

最近变得漂亮许多的藤岩说完，露出笑容。

“贝家先生之前报过田卷悠太的选题，那位得过冬夏新人奖的作家吧？他写的故事很平实，但相当感人呢。”

“你还记得啊？”

“是啊。虽然近年来短篇小说集很不好卖，但请你加油哦。”

“不用你提醒我，我也会努力宣传啦。”

回到编辑部，拿了备份的校样复印件，接着前往营销企划部。我拜托了负责跑东京主要大型书店的营销同事，最后在他的协助下请到了六名书店店员看校样。真是太感激了。

下午三点，花了一小时和设计师讨论完毕后，我忽然想起一件事，走进离车站最近的百货公司。在地下楼层的食品卖场一家叫作 PIERRE 什么的店，买了看起来就像玩具一样的马卡龙，然后回到公司。田卷的小说背景设定在现代，内容本身并不复杂，但我不自觉地想起了滨野的行为，决定向他看齐。这是我非常重视的校样，因为打从心底希望负责它的校对员可以完美地完成工作，所以才买了点心——

“可是，为什么是你在看校样啊！你现在不是负责杂志的校对吗？”

“你真烦，这周是合并号，所以我很闲嘛！有意见就对部长说，我只是接下部长派给我的校样而已！”

我贵重的校样竟然出现在了河野的桌上。大概是已经草草看过一遍，摊开的那一页校样上已经有好几处用铅笔写了注记。

“快说，你有什么事？这份校样好像得在一星期内完成，所以我现在很忙。”

河野老大不高兴地问，我只好不情愿地递出 PIERRE 的纸袋。

“这是什么？”

“慰问品。”

“……啊？”

“马卡龙。”

“……咦？”

“我不是都说了这是慰问品吗？里面是马卡龙！”

“你这是送东西慰问别人的态度吗？但我还是会收啦！谢谢你哦！”

河野从我手中接过纸袋，接着毫不犹豫地拿出里头的纸盒，打开盒子。

“哇啊！好可爱啊！”

她刚才的臭脸顿时消失得无影无踪，换上了我从没见过的开心表情，又毫不犹豫地拿起一个珊瑚粉色的马卡龙放进嘴里。

“啊啊！好好吃啊！”

听到她混着叹息发出的听来甚至有丝猥亵的惊呼，我忍不住问：

“你们女孩子不是经常吃这些甜食吗？有这么高兴吗？”

“才不呢，我们平常吃的甜食都只是便利店的布丁和鲷鱼烧而已，好久没吃到这么高级的西式点心了。真是好吃！”

“居然吃鲷鱼烧，还真像老人家。”

“因为我家就是鲷鱼烧店嘛。”

“咦？你父母是开鲷鱼烧店的吗？”

“不是啦，是我现在住的房子在卖鲷鱼烧。”

河野又拿出第二个紫罗兰色的马卡龙，轻轻用门牙咬住，然后珍惜地盖上盒子，放回袋子里。咬碎嘴里的马卡龙吞进肚子里后，立刻又吐出了让人生气的话：“我很忙，你还有事吗？”

不是老家，而是现在住的房子在卖鲷鱼烧吗？这还真是莫名其妙——但是比起这件事，我有更想问的事情。心跳忽然间加快。

“那，怎么样？”

“很好吃啊。”

“不是啦，我是说那份校样。你很快地看过一遍了吧？”

“啊，嗯。很有趣啊。可能是你至今拿来的校样中，我最喜欢的。”

河野不假思索，说出了出乎我的预料，却也是我最想听的答案。我不敢置信地再三确认：

“真的吗？不是因为我带了慰问品过来，你才说好听的话敷衍我吧？”

“才送一次慰问品而已，我有那么好收买吗？哎，我真的要赶不出来了，你快点回去啦。”

河野用指尖转着铅笔，不等我回答就重新面向桌子。抽屉柜上摆着七本辞典。她抽出其中一本，皱着眉头翻开查阅。我已经彻底被摒除在她的视线范围之外。

我希望再听她说一次“很有趣”。不是别人，而是想从河野口中听到这句话。但看她散发出来的气势，现在似乎不适合和她攀谈。定定凝视了她的侧脸十秒钟后，我就离开了现场。走下楼梯的同时，“很有趣”和“最喜欢”这两个词一直在脑海里反复播放。河野开心地吃着马卡龙的笑脸就像小孩子一样，意想不到的可爱。

如果单行本顺利出版了，下次别再随便选间居酒屋，邀河野去会用推车送甜点过来的高级餐厅吧。然后再一次，从正面欣赏她的笑容。

Part 5

第五话 校对女孩身边的蕈菌

悦子的研习笔记　　之十一

【录入文字稿】 指把手写文字录入电脑生成电子文档，或者把访谈等录音文件转换成文本文件。也叫逐字稿。如果只有手写稿，没有电子档的时候，还有一种机器，应该说是软件，可以辨识文字输入进电脑里。这就叫作光符阅读器（Optical Character Reader，简称 OCR）。但是，错字很多。有时候会把“之”和“乙”搞错，或者搞混浊音和半浊音。

嗨，大家好。我是大家意想不到的部长。啊，就是那个私底下被称作“杏鲍菇”的校对部长。本名为茸原渚音，念法是“Takehara Syon”。很酷吧？虽然这辈子从我懂事以来，一直都输给了自己的名字，但至少递出名片的时候可以博君一笑，所以还是要非常感谢我看了《007》系列以后就假性自己怀孕的电影宅母亲[①]。所幸母亲还算有常识，没有选择用詹姆斯·邦德的“James”来取名字。要是用英语发音来取对应的汉字，大概会是慈咏梦栖吧？感觉挺酷，但名字还是不要太招摇的好，这简直就是特攻队服上会绣的字吧。

继我之后，本季下一话是本乡老师的《皇帝的寝宫》。实在抱歉，明明书名叫作《校对女孩：河野悦子，平凡不简单》，居然最后连续三个角色都是大叔呢。虽然贝冢勉强还算二十

① 《007》系列中饰演詹姆斯·邦德的演员为肖恩·康纳利（Sean Connery），渚音的发音和 Sean 相近。——编者注

出头，但在年轻女孩们眼中已经是大叔了。呜呼哀哉，岁月就是这么残忍。

还有，正心想着“蕈菌是什么细菌啊？”的年轻女孩们，这是我大学时期的绰号，意思是菇类。在餐厅等地方通常标记为“香菇”（像是牛肝菌菇等等），写成英语就念作“Fungi”。无论我到多么前卫的发廊剪头发，无论我多么努力避免，头发自有一种会生长得很像菇类的特性。换个层面、换个角度来看，其实也可以说像是吉祥物，是现年五十，正散发出无穷魅力的可爱中年男子。毕竟我的姓氏是“茸原”嘛。北斗公司[①]，欢迎来邀请我拍广告哦。

电视上那些所谓的刑侦剧和推理连续剧里，如果登场人物中有小说家，那个小说家通常必死无疑，再不然有很高的概率是凶手。但如果故事类型是小说家侦探，小说家是负责推理的角色，那就不在此限。

中午过后的校对部里，响起了米冈与河野意兴阑珊的交谈声。

“在电视剧里面，小说家经常被杀死呢。”

---

① 日语中“茸”也有香菇的意思。北斗（Hokto）是日本专卖菇类的一间公司。——编者注

“因为在电视剧里头死掉也是小说家的工作之一嘛。是哪部电视剧？”

虽然河野被调到了杂志校对组，但因为分配到的座位正巧背对米冈，所以两人经常天南地北地闲聊。

“昨天看的两小时电视剧。感觉和本乡老师很像的一个人被疑似高尔夫球杆的凶器打死了。”

“如果凶器是棍棒，在还无法确定凶器具体是什么的时候，或者感觉凶器是棍棒，但又有很多东西外形像棍棒，这种时候才会在前面加上‘疑似’这个不确定的词吧？可是高尔夫球杆就是高尔夫球杆啊，只要说‘高尔夫球杆’就好了吧？”

“啊，也是哦。不过，现实中在日本并没有小说家真的被那种东西打死过吧？”

“搞不好有呢，但因为不是超级有名的作家，才没有被报道出来吧？”

“话又说回来，高尔夫球杆会沉重坚硬到杀得死人吗？”

“不知道，等一下贝冢来再问问他吧。所以凶手是谁啊？”

“小说家的秘书，其实他们是同父异母的兄弟。”

“现在这时代还有小说家有秘书吗？”

那部电视剧的原作，大概是二十五年前我还在文艺编辑部时负责过的小说吧——但我不敢老实说出来，视线再拉回到自己正在校对的校样上。这样啊，原来那部小说被翻拍成电视剧了吗？我完全不知道。不过，都二十五年过去了，版权多半已经转到其他出版社手上了，也没有收到过任何通知。果真是光阴似箭，岁月如梭啊。

景凡社正式成立文艺编辑部至今，已经进入第三十三年了。在那之前，虽然也以一年几本的速度慢工出细活地出版文艺作品，但真正投入这块领域并且创立《小说景凡》杂志，还只是我入社前几年的事。由原本负责周刊杂志和时尚杂志的编辑们，向从磷朝和冬夏挖来的文艺编辑们学习出版文艺的知识，然后花了十年的时间才勉强步入正轨。在距今十年前，又成立了由我担任部长的校对部，我认为这样的成长十分艰辛又可敬。

“哎，米冈，你觉得勃起变硬的那个汉字，应该是‘固’‘硬’‘坚’[①]哪一个才对？”

话题突然从电视剧一百八十度大转弯，看来河野又继续校对起了《周刊 K-bon》的校样。不过，女孩子怎么能问这种问题呢？

“应该是‘硬’。不过，不可以把那个字说出来，你是女

① 日语中“固”“硬”“坚”的读音相同。——编者注

孩子呀。”

没错没错，米冈，说得好。

“果然是‘硬’吗？可是啊，如果非常正经八百的男人勃起了，感觉用‘坚’不是比较适合吗？应该根据当事人的个性替换汉字比较好吧？”

“用‘坚’的话射精之后阴茎就毁了哦，因为反义词是‘脆’。”

“是吗？那是有点儿吓人。”

只见四周安静工作着的其他同事全都抖着肩膀在憋笑，我不得不打断他们。

“你们两个，安静一点。”

“对不起。”

对于这一来一往像是女校教室中老师与学生的对话，我自己也觉得真是和谐。曾有一次我问过资深的校对部员工，会不会觉得河野太吵？结果他们的回答出乎意料：“这样很好啊，感觉很有活力，而且她也很可爱。”在这之前，除了杂志校对小组的终校日以外，校对部都安静得有如冬季时分的湖畔。大概是为了总有一天要进入 *Lassy* 编辑部，河野几乎不与米冈以外的同事发展人际关系。而多数校对部员工也都天生不擅长与人面对面交流，就好比只专注打磨自己技巧的工匠，所以也不会主动与有如异类的河野接触。但大家也都习惯了这样的相处模式，做事老是不按牌理出牌的河野也普遍受到大家的喜爱，所以校对部真的很和谐。在现在的我心中，是无可取代的珍爱城堡。

十年前成立校对部之际，我主动提出了调职申请。

——这些年来辛苦你了，我真的很对不起你。

调职前一天，文艺部长向我低头道歉。毕竟我是“把本乡大作带到世人眼前的编辑”，缔造过还算辉煌的功绩。任职编辑十五余年，也打造出了几本畅销作品。但是，我失去了家人。在三十岁和我结婚的妻子，在我三十四岁那年离家出走。我们两个没有孩子，因为根本没有那个时间。

——对你来说，工作还是比我更重要啊。

做梦也想不到自己会有从女人口中听到这句台词的一天。虽然是老套到极点的台词，却也是无可撼动的事实。

但是，部长说的“辛苦了”并不是指这件事。前妻在离婚的一年后，就神采奕奕地再婚了。我也真心献上祝福，希望她这次一定要过得幸福快乐。如今她已经是两个孩子的母亲，陪着外派海外的丈夫住在胡志明市，全心全意支持着丈夫（这些事情都是通过 SNS 知道的。为什么女人会对已经分手的男人发来交友邀请呢？）。

“这些年来辛苦了。”这句话指的是与妻子离婚后不久，部长交接给我的一位作家。至少我是这么解读的。在部长心中，肯定也浮现了同一张面孔吧。

包罗万象的美丽与丑陋，天空色彩的流转变化，水变作冰的瞬间，远方琉璃色的鸟儿为了求偶所演奏的空灵鸟啭，甚至是几亿光年外恒星诞生的声响，仿佛都能经由她的文字记录下来，是位文笔和渲染力都异常过人的作家。荣获明坛社举办的纯文学类新人奖时，评审们甚至盛赞她是“清少纳言[①]再生”。尽管是纯文学小说，她的单行本处女作却罕见地热卖八万册，很快就被无数编辑盯上，认定她是“可以赚钱的作家”。

部长一直想方设法要拿到她的书稿，但在担任她的责任编辑一年后，却收到了无情的宣告：“我才不会把书稿交给你。”言下之意，就是要交给景凡社并没问题，但就是不想交给他。部长无奈之下做了痛苦的决定，把她交接给我负责。因为部长认为，他和我正好是截然相反的类型。

当时的社长从磷朝社挖角请来的部长，正好是很典型的“编辑”，但这没有所谓好与坏。以现在的文艺编辑部来举例，就是滨野那一类的编辑。很多事情他做得也挺周到，但观察

① 清少纳言（约 966—约 1025）：日本平安时代著名的歌人、作家，代表作品《枕草子》。——编者注

敏锐的人就会发现他的眼底没有笑意，说的每一句话都只是表面做做样子。

很多作家都告诉过我，我太老实了，没办法出人头地。

——茸原，我很感谢你。可是啊，你应该再有野心一点。再这样下去，你只会被人利用到没有价值为止。

本乡老师在获得五十六奖时对我说过的话，正好最具代表性。那时候还处在泡沫经济时期，文艺部随时都有用不完的经费。于是，沉溺在甜蜜的泥沼里，本乡老师也和其他作家一样变了。从前称呼我为“茸原先生”，不知不觉间变成了直呼“茸原”。作品依然有趣，却也为了转换成可以量产的套路，遣词用字不再精雕细琢。

交接给我的那位作家樱川葵，可以一眼看穿人的本质。想想也是当然，拥有那般敏锐洞察力的人，任何的伪装在她面前都无所遁形。

——你的名字怎么念？Kinokohara Nagisane？

头一次打招呼的时候，葵小姐接下我的名片，来回看着名片和我本人问。为了制造话题，我故意不在名片上的名字旁边标注读音。

——不是，我的名字念作 Takehara Syon。

——哇，好棒的名字啊。渚之音居然是念作“Syon”，太棒了！

部长事先告诉过我，“这位作家非常难搞”。但是，她在那一瞬间露出的笑容好似太阳一样耀眼。本来她的容貌就美丽得不像作家。微卷的短发造型好似年幼的猎犬，只要她低下头，就可以看见纤细雪白的脖子上间隔整齐的颈椎隆起；姣好的脸蛋小得仿佛可以一手握住，只要她仰起头，整个世界就开满了祝福的花朵。我拥有的词汇贫乏，只懂得用“娇媚”来形容她清丽脱俗的美貌，整个人被她勾走了心神，好一会儿发不出声音。回到公司，老实地向部长表达我的感想后，他就露出了不快的笑容说道：“大家都被她的外表骗了。美丽的花都有毒。”文艺编辑说话这么陈词滥调好吗？当时我只觉得扫兴。但是事实上，她的毒确实一点一滴地侵蚀了我。

出道之后，葵小姐六年来仅仅出过三本书。无论多么出色的作家，只要不写，就会被读者遗忘。出版社也会认为“这个作家已经不写了吧”，不再与作家联络。因为一定会再出现文风相同的作者，让其他作者满足读者的需求就好了。

就在米冈与河野聊过勃起话题的两天后，米冈邀我一起吃午餐。平常都是和河野，难得会找我呢——我感到纳闷，原来是私底下有话对我说。

“部长，您以前是樱川葵老师的责任编辑吗？我查了责任编辑的数据库，从部长以后就没有再更新过了，您知道现在的责编是谁吗？”

走进乌冬面店一就座，米冈劈头就问我，我吓了一跳。前些天我才沉浸在回忆里，而且这位作家已经长达十年以上都没有出过书了，还以为世人早就遗忘了，想不到竟然还有人记得。我内心不禁升起感激之情。

“嗯，以前在文艺部的时候是我负责。我想之后应该没有再分配新的责编给她了。”

我说完，米冈就点头应道：“这样啊。”思索了一会儿后，他压低音量说：

“现在樱川老师住进了我们医院的分院。”

“啊？”

“听说她本人要求过，不要通知任何人。但是，因为情况有点复杂，家父让我还是通知公司的人一声。”

住院还加上情况有点复杂，让人只能往最坏的方向想。我在脑海中勾勒出她年轻时小恶魔般的美丽容貌，问道：

“难道是她大吵大闹，给你们造成了麻烦？”

“不，因为她生的病很严重，已经时间不多了。据家父所言，还能再撑一个月都算长的了。因为是浸润型的癌症，已经扩散到脊髓，无力回天了。”

“……”

我答不上话。但是，那个人不会长命百岁，其实也在意料之中。

葵小姐是那种会光着柔软的双脚，踮起脚尖走在结着薄冰的冥河边上的人。喂，你再不伸手抓住我，我就要掉进河里了哟。听到她这么说，抓住她冰冷的指尖，她却会把你一起拉进地狱深渊里。从前我总以为魔性之女只存在于小说和电视剧里，是人类想象中的产物，却发觉原来自己身边就有这样的人。

“大概一周之后就会开始注射吗啡，到时候意识会变得模糊，话也说不清楚。所以在那之前，是不是可以请部长出面去打声招呼呢？樱川老师好像一直都是孤单一人，从来没有人来探望过她。”

看着说得一脸哀伤的米冈，我觉得他真是好孩子。如果他不是做校对员，而是和我一样，是曾被那个人百般折磨过的编辑，还说得出一样的话来吗？我咬牙切齿地这样想着。不过，从我口里说出的话语却是：“知道了，我今天就过去一趟。”

午餐吃完了尼泊尔咖喱乌冬面，回到位置上，打开抽屉。在送校对前我自己私下做的，葵小姐第三本也是最后一本书跃入眼帘。“蒙眼所见的尽头　樱川葵”，雪白的封面上是一行黑色明朝字体，只是看了一眼，胸口就痛得无法呼吸。几天前碰巧想起了她，也许就是一种不祥的预兆。

葵小姐，曾经你对我那么残忍，现在却要自己默默迎向死亡吗？葵小姐，我绝对不会让你得逞的。

换了责任编辑以后，正如部长的推测，我顷刻间一跃成为樱川葵“中意”的编辑。当时一众出版社男性编辑对我的嫉妒，绝非三言两语可以道尽。葵小姐因为年轻又容貌出众，当时各家出版社都跃跃欲试，想把她打造成以“外表”为卖点的作家，但她本人却对此深恶痛绝，只有在刊登了得奖访谈的《文艺明坛》上公开过一次照片，除此之外网络上找不到半张她的照片。

如今，那位美丽的恶魔正躺在朴素的病床上，身形消瘦，静静地发出均匀的呼吸。尽管苍白的脸蛋上眼窝和脸颊都往下凹陷，但还是看得出年轻时的美貌。

想不到居然是您亲自过来，现在您还是犬子的直属上司。犬子一直承蒙您的照顾，感谢您的包容。

——哪里哪里，我才一直承蒙令郎的照顾呢。

院长，也就是米冈的父亲亲自带我走到葵小姐的病房。听说总院的院长是米冈的爷爷，分院院长是米冈父亲，第二分院院长则是由叔叔担任。虽然老是忘记，也令人担心继承问题，但其实米冈是有钱人家的少爷。父亲和米冈十分神似，是位斯文稳重的中年男子。据他所言，葵小姐的钱包里就只放着一张老旧的名片。上头印着“景凡社　文艺编辑部　茸原渚音”，也就是我的名片。而且名片背后还写着潦草的字迹：“我死后请联络这个人。”

待院长走出病房，我便坐在椅子上，端详葵小姐的睡颜。明明大限将至的人不是我，那五年来被这个人耍得晕头转向的记忆，却如跑马灯般重新涌现。

葵小姐。

我没有打算出声。但是，葵小姐却在我的呼唤下张开双眼。然后，脸庞慢慢地转向我这边。

“渚音，你怎么在这里？”

沙哑的嗓音听来显得胆怯。葵小姐想往后缩，痛得发出呻吟。啊啊，病情这么严重吗？我差点想要伸出手，又强忍了下来。

“你运气太不好了。这家医院，是我下属的父亲开的。所以他们才在你死之前……联络了我。”

我努力想保持冷静。但是话才刚说完，呼吸就不顺畅，喉咙发出呜咽声。葵小姐伸出宛如白桦细枝去了树皮般的枯瘦手臂，指尖触碰到我的脸颊。我握住她的手，压在自己被泪水沾湿的脸颊上。

“葵小姐。”

“为什么是你在哭？”

“因为，我一直很想见你一面。”

“明明离开我的人是你吧？”

“是你让我不得不离开的。”

“……”

“葵小姐，我一直很想再见到你。但是，不想在这样的情形下。”

“……渚音。”

“倒不如在很远很远的地方，远到我一辈子也到不了，甚至也没有任何人发现，就这么死在路边就好了。”

这样说是很过分。但是，对比她从前对我的所作所为，不过是冰山一角。

将死之人的干枯手指，有如带来福音的女神，温柔地拭去奴隶的泪水。

说实话，我属于阴沉又不起眼的人，所以直到现在，我还是不明白为什么那么美丽的人会对我那般执着。

“部长，有什么事吗？”

来拿要交给总务部的办公用品申请单的河野一脸纳闷地问。虽然做事老是不按常理出牌，毕竟也是女孩子。而她今年二十五岁，正好是葵小姐获得明坛社新人奖那年的年纪。

“河野，我问你，‘只是被爱还不够，最好告诉我一声爱我。因为入土以后，可以尽情体会寂静的世界’[1]——这句话你会怎么解读？”

葵小姐曾在短篇的散文里头，引用从前女作家假扮为男性作家所写出的这句名言[2]，所以我提出来问河野。

“不就是字面上的意思吗？但我认为死了以后，才没有什么寂静的世界呢。”

“你真是实事求是，没有浪漫细胞啊。”

“因为我相信灵魂会回收再利用啊。”

“什么意思？”

“人死了以后，灵魂会为了下一次出货搭上回收生产线啊。到时候一定很吵，寂静根本只是幻想，而且还要修理损坏的零件，把灵魂清洗干净吧。就像是加油站里面那个会咻咻转动的清洁机。”

“有轮回观这么前卫的宗教吗？”

“只是极乐世界的技术也变现代化了而已。我觉得自己的前世，应该是乌鸦、松鸦或者缎蓝亭鸟这种有收集癖好的小鸟哦。”

---

① 原文为“I like not only to be loved, but to be told I am loved. The realm of silence is large enough beyond the grave.”——译者注

② 指用笔名乔治·艾略特（George Eliot）发表作品的英国小说家玛丽·安（1819—1880）。——编者注

怎么……觉得她已经大幅偏离了所谓乐观的年轻人呢？

“极乐世界是从轮回当中解脱的人去的地方，所以照你的说法……应该是五趣六道[①]的技术才对吧。”

“我会再确认。”

看来去年负责的佛教小说校样对她造成了很大的影响。

为河野填写的申请单盖上印章，投进社内专用的信箱。河野带着完全不能苟同的神情回到位置上。而我虽然在工作，双眼却老是看向桌上的时钟。

院长说了，只打一般的止痛剂，通常最多撑上四天就是极限了。最终患者会因为忍受不了疼痛，而开始改为注射吗啡。因为年轻，癌症扩散的速度也快。罹患的又是抗癌药剂治疗只会让患者更加痛苦的癌症，所以如今只剩下等死。米冈忧心忡忡地注视着不断叹气的我。

一等时钟显示为下班时间，我就从座位上站起来。

——我讨厌花。因为枯萎的时候，让人好心痛。

听说参加新人奖得奖庆祝会的时候，葵小姐这样说，拒绝收下别人递来的花束。因此她病房里也没有见到半朵花。现今的技术比起当时已经发达许多，有些花束经过加工处理，

① 五趣是众生投生的五种去处或生存界。六道是佛教用语，依次为天、阿修罗、人、畜生、饿鬼、地狱。——编者注

永远也不会枯萎。我去花店拿了白天预订的花束，然后搭上出租车，一路直奔医院。

担任责编的时候，我也像现在这样不停地收到葵小姐的召唤。无论半夜还是清晨，听到她威胁说“你不在三十分钟内赶来我就自杀”，就只能火速前往。要是她自残伤到了额头和小腿，就要替她包扎伤口；要是她大搞破坏乱砸东西，就要替她收拾房间；要是她哭着说想睡也睡不着，就得陪在她身旁直到她入睡。手机的普及为人们的生活带来了便利，同时却也剥夺了个人自由的时间。

——你只能接我的电话。如果想要我的稿子，就只能当我一个人的责任编辑。

她每说一次就摔一次手机，总共被她摔坏了二十八部。最终我再也申请不到公费，只得自掏腰包买新的手机。

你可以不用再管樱川葵了。就在被摔坏第二十部手机的时候，部长对我说。当时我成为她的责编已经有三年半的时间。尽管不至于住院，但因为过着极不规律的生活加上睡眠极度不足，身体早已经千疮百孔，好几次还口吐鲜血。但即便到了这种地步，我却连一部短篇的稿子也没有从她手中收到过，明明说好会给我的两百页的书稿，也莫名其妙地交到了磷朝社的手上。

——因为要是把稿子给你，渚音就再也不会来见我了。

这就是她把书稿交给磷朝社的理由。

——没有这回事，我向你保证。所以，请向他们要回来吧，拜托你了。只要还没有发给印刷厂，就还来得及。

——你骗人！编辑全都只喜欢我写的稿子而已，反正渚音也一样。你根本不喜欢我，就只爱那些稿子吧！

——我没有骗你。到底要我怎么做，你才肯相信我？

——那现在在这里和我一起去死。渚音先死，我马上就随你而去。

当时我们正在猪苗代湖[1]的中心，站在租来的小船上。经由其他出版社编辑的告知，我才知道葵小姐把书稿给了磷朝社，急急忙忙打了电话给她，结果她就说："你想要稿子的话，现在就到福岛来。"在那之前，她动辄就把"我要去死""你去死"这些话挂在嘴边，但想不到她会在这种真的有可能死掉的情况下要我去死。葵小姐站在摇摇晃晃的小船上，粗暴地拉扯我的围巾。

——反正渚音也只是嘴上说说而已！你从以前到现在主动打过电话给我吗？我把书稿给了磷朝社以后，你才第一次主动电话打给我，到头来你也只是想要那些稿子吧？只要稿

① 猪苗代湖：位于日本福岛县近中央，被称为日本第四大湖。——编者注

子给了你就结束了，就算我消失了也无所谓！哎，我到底算什么，是为了什么才活在这个世界上！

小船大幅倾斜，晚秋时分冰一般寒冷的湖水溅上了暴露在空气中的手背和脸颊。

对编辑来说，作家确实就只是把书稿“生”出来的存在。再用作家的书稿换取金钱，领到薪水。可是，我真的只因为这样就愿意面临这种生死关头吗？甚至不惜吐血也要对她唯命是从吗？

……不对。我没办法为了钱赌上自己的性命。

放开船桨，我握住葵小姐冷得彻骨的瘦细手腕。

——我知道了，一起死吧。

听到我这么说，拉扯着围巾的手放松了力道。

——可是，我不想死在这里。溺死的尸体太丑陋了。我希望葵小姐在美丽的状态下死去，所以先回到陆地上吧。我会在附近订房间。

葵小姐紧咬嘴唇，良久过后点了点头。

在恍若与世隔绝的病房里，葵小姐和昨天一样安静沉睡。把不会枯萎的鲜花装饰在窗边，我伸出指尖，轻抚过葵小姐像透明的苍白花瓣一样的眼皮。对我的轻抚产生反应，她只有眼皮微微颤动。她的长睫毛搔过我耳朵的记忆伴随着痛楚，一起在脑海里复苏。

那一天，夕阳在落入湖面前洒下余晖，我们在笼罩着葡萄色暮霭的房间里第一次合而为一。只有这条路可走。男人与女人为了了解彼此，最简单又最具毁灭性且最接近地狱的方法，我认为就是上床。这三年半以来，葵小姐夺走了我的一切。不光自己个人的时间，就连心也被她连根拔起。所以，我一直没有和她发生关系。一旦上了床，我觉得我们之间“作家与编辑”的关系就会画上句点。就这点而言，倒是和葵小姐“交出书稿就结束了”的想法雷同。

——其实我很渺小。每一次写出文章，就变得越来越渺小。再继续写下去的话，我总有一天会消失不见，总有一天会死的。

所以要爱她，把她捧在手掌心上，甚至把自己的血肉乃至一切都奉献给她。

葵小姐就像对爱情和食物索求无度的孩子，不论结合多少次，她都不感到满足。跨越深锁着无尽绝望的夜晚，看见了世界初生般朱红色的朝霞。我感到不可思议，究竟在她这么纤细的身体里，哪个地方存有能够一再接纳情欲的容器？

后来我们的关系持续了一年，在这一年里，葵小姐着了魔似的埋头写出了换算成稿纸后多达一千两百页的巨作。作为比较的参考，《校对女孩：河野悦子，平凡不简单！》第一季换算成稿纸是两百多页。早知道能够这么简单就让她动笔，我就会早点和她上床了——至于曾有一瞬间闪过这种想法，是我心中永远的秘密。由景凡社出版的《蒙眼所见的尽头》，算是以自身经历为背景写成的私小说[①]，谈及了她在那之前绝口不提的前半辈子。

作家之中，有不少人都有心理上的疾病。当然所有人都不是自愿变成这样，或是因为幼年时期的经历留下了精神创伤，或是脑内某些特定物质明显缺乏，才会苦于无法过着正常人的生活。葵小姐也是其中一人吧。小说里头，生动细腻地描写了主角从八岁到二十三岁在隔离病房里度过的十五个年头。被强行注射入睡的药物，醒来后体内再被塞进气球导管，全身遭到捆绑无法动弹。除了吃饭时间以外，其他时间都无法自由行动。就算想死也死不了。住在大通铺时，可以获得片刻的安宁，但只要稍微出现异样，又会毫不留情地被送回隔离病房。院内补习学校的知识。不再来探望的父母。疼爱的年幼孩子的自杀。护理师的虐待。她从来没有出外采访过，我也没有给过她任何参考数据。书中的内容，只有在里面待过的人才写得出来。

再继续写下去的话，我总有一天会消失不见，总有一天

① 以作者的第一人称来叙述故事，称为私小说。——编者注

会死的。

正如葵小姐所言，她把自身的灵魂悉数化作了文字，在完稿以后变成了一具空壳。不单作家，一旦创作者变成了空壳，对于用钱买下其创造物的买家来说，就等同于是暂时性或者永久的死亡。由于葵小姐极度厌恶原稿被他人触碰，所以我花了两个月以上的时间亲自订正校对。这是她的第三本书，也是她的遗作。她再也写不出能够超越这本书的作品了吧。

印刷厂寄来样书的那天，我前往葵小姐的住处送给她。

——这下子真的结束了。

葵小姐用双手接过雪白的封面上印着简单黑色明朝字体的厚重样书说，她淡淡地笑了笑，指尖抚过书的表面。

——这才不是结束。葵小姐，请再写出更多的作品来吧。就算要花上很长的时间，我也会一直等着你的作品。

连我也觉得自己真是虚伪，但还是只能这么回答。葵小姐听了没有回话，把书放在桌上，撕开我带来庆祝的葡萄酒包装，说了句“准备一下酒杯吧”。

我走向餐具柜，打算拿出放在上层、葵小姐特别钟情的九谷烧[①]酒杯。葵小姐不知道什么时候走了过来，从背后抱

① 九谷烧：彩绘瓷器，距今已有 350 年历史。——编者注

住我。

——抱歉，我马上就准备好。

——哎，渚音，你曾经喜欢过我吗？

她的声音细弱又沙哑，我犹豫着该怎么回答。没有什么曾经。因为在那个当下，我的人生只属于葵小姐一个人。我的迟疑只是不知道该怎么说出事实，但是——

——对不起喔，渚音。这段日子谢谢你陪我。

葵小姐说。然后，在她松手放开我的那一瞬间，从未体会过的尖锐剧痛贯穿了我的背部。

要是那个时候能够毫不迟疑地说出我爱你，我们就能一起共度今后的人生了吗？不，事情大概没有这么简单吧。

刺伤我以后，葵小姐先打给了我的上司，也就是以前曾是她责编的部长。然后，再打电话叫了救护车。幸好就住在附近的部长立刻叫了出租车，十万火急地赶到葵小姐家。他一打开没有上锁的大门冲进屋里，就发现葵小姐也用尖刀刺进了自己的腹部。为了包庇葵小姐，部长向赶到的救护人员表示现场情况纯属意外。在瞒天过海下，作家引发的案件通常不会公之于世，但要是我在那个时候当场死亡，葵小姐就会成为世人口中的杀人凶手吧。真是幸好保住了小命。

我醒来时，人已经在医院了。葵小姐被送到了另一间医院。

——害你遇到这种事，我真的很对不起你。都怪我让你去当她的责编。

部长再三向我低头道歉。我一直以为自己只是无足轻重的小卒，这才发现原来自己其实相当受重视，所以虽然身陷悲惨的境地，但我心里竟有几分高兴。而且根据医生所言，伤口只要再偏几厘米，我可能就会一辈子半身不遂。所以更让我觉得，这真是所谓不幸中的大幸。

我整整住院两个月。由于部长没有向外人透露我遇刺一事，所以同事和负责的作家们，都单纯地以为我只是生病住院。也很感激部长为我谢绝了所有前来探望的请求。

在漫长的住院过程中，每次一想到不知道葵小姐现在怎么样了，被她刺伤的伤口就会隐隐作痛。尽管遭遇到这种事，我却一点也不恨她，反而无法遏止想见她的渴望。想听她用撒娇的声音呼唤我“渚音”，回想起她崩溃地呐喊自己写不出来的模样，现在只觉得心疼，想要马上将她紧紧攀着自己的娇小身躯拥入怀里。

然而在我出院以后，葵小姐的电话已经停机，也搬离了原先的住所。连去另一间医院探望了她好几次的部长，也不肯把她出院后的下落告诉我。

——茸原，放手吧。现在书的销量很好，你不需要再把这些事情揽下来。

——可是，就此失联的话，葵小姐会很难过的。我真的原谅她了。

——你这白痴，动点脑子吧！要是再发生一次同样的事情，这次我就再也压不下来了！出版了那么引人热议的作品，却又毫无理由地拒绝所有关于樱川葵的采访，各大报纸媒体早就已经起疑心了，你也要站在公司的立场想一想。要是被报社或电视台挖出“樱川葵刺伤编辑”这种丑闻，我们就算向负责赚钱的女性杂志部门跪下来磕头也没用！

听了部长的话，身为一个男人虽然情感上万般不舍，但身为上班族只能以公司利益为重，也只能沉默下来。假如我在当时辞去出版社编辑的工作，成为不受公司约束的独立策划人，也许结果会不一样吧。

——如果想要我的稿子，就只能当我一个人的责任编辑。

只要成为独立策划人，也许就能实现葵小姐的这个心愿了。但是，当时的我既没有勇气辞掉工作，也还没有足以自立门户的实力。

但是，难道就不能想点办法实现葵小姐的心愿吗？

就在我苦苦思索的时候，公司下令成立校对部。听说几年前上层就在讨论这项计划，但在传达到基层部门的时候，这件事就已经拍板定案了。

——这些年来辛苦你了，我真的很对不起你。

调职前一天，部长向我低下了头。不知道部长已经是第几次低头道歉了，但我一如既往回答“没关系”，最后只表达了一个请求。

——部长，我想拜托您一件事情。其他作家我会交接给其他编辑，但是，只有樱川葵老师，请让我继续担任她的责编。

——我知道了。

我不知道部长是否知道我和葵小姐之间的关系。但是，他什么也没问就点头答应了。

……所以啊，现在我负责的作家，就只有你一个人哦，葵小姐。

不知有意还是无意，睡着的葵小姐回握住了我的手。为什么就没有一条路，是我们可以一起携手走下去的呢？销声匿迹以后，我无从得知她至今都过着怎样的生活。

“葵小姐。”

听见我的呼唤，葵小姐微微睁开双眼。混浊的眼眸凝视着我。

“渚音。”

“葵小姐，快点恢复健康吧。到时候，我们再一起去猪苗代湖，我会努力划船的。”

“渚音，你真温柔。”

“和葵小姐相比，几乎所有人都很温柔呢。”

如果还是以前的她，大概一巴掌就飞过来了吧。但是现在的她，只是从喉咙深处发出笑声，然后在踌躇片刻后开口问道：

“你曾经喜欢过我吗？”

当年问过我的，也让我在人生当中留下了最大后悔的问题。这一次我不再迟疑，不假思索地回答：

“喜欢，现在也只爱着你一个人。”

葵小姐露出了花儿般灿烂的笑靥，说着“你真傻”，再度沉入梦乡。

第二天开始注射吗啡。整日沉睡的葵小姐不再回答我的问题。和一言不发的葵小姐一起共度周末，星期一开完会，我才发现医院的来电。回电的时候，葵小姐已经咽下了最后一口气。

我和陪同的米冈一起前往太平间，为她点香。看见消瘦得有如蜡像的葵小姐，米冈称赞道：“这位老师真漂亮。”

“是啊，她以前非常美丽。”

话一说完，眼泪就滑了下来。连我也觉得自己真蠢。未曾间断地对我口出恶言，还经常对我拳打脚踢，最后还捅了我一刀。但是，与葵小姐共度的那些日子，依然是清澈不带杂质的美丽。见我哭泣，米冈含蓄地拍了拍我的背，然后说着“虽然现在好像不是适当的时机”，从身上的公文包里拿出厚约一厘米的牛皮纸信纸交给我。

“家父只是要我代为转交，所以我没有看里面的东西。好像是在整理葵小姐随身物品的时候找到的。”

信封上印着这间医院的名字。我接过信封，拿出里头的东西，是一叠用长尾夹夹起来的 A4 纸。角落和边缘都变得破破烂烂，大概是一直带在身边吧。我吸着鼻涕翻开纸张，只见上头密密麻麻地写满了文字。

“葵小姐……原来你一直都在写……”

泪水又溢出眼眶，文字变得模糊。米冈又轻拍了拍我的背，安静地走出房间。

在日光灯的青白亮光下，我开始看那份书稿。故事里出现的男主角感觉和我很像，女主角则和葵小姐南辕北辙，是名性情温和的女子。两人相遇之后，尽管一直发生大大小小的冲突，却也日积月累地孕育出了阳光般温暖的爱。这个故事大概是葵小姐梦想中的未来吧。真希望在自己眼前静悄悄死去的葵小姐会跳起来大喊：“太丢人了，不要看啦！”但很遗憾，葵小姐终究一动也不动。

看到一半的时候，听见敲门声，一名身材与米冈十分相似又戴着眼镜的青年走进来。米冈也随后走进房间。

“很抱歉打扰到您与故人别离，还请节哀顺变。我是葬仪社的业务员。”

“啊……你好。”

“部长，不好意思，他是以前和我同所大学的朋友。”

“我是米冈的朋友，敝姓木崎。”青年说着递出名片。接下社名写着“黑真珠葬仪社”——真不知道是认真的还是开玩笑——的名片，瞬间戴眼镜的青年看向我身后。

“不好意思，请问您是否做了什么会触怒故人的事情呢？”

“啊？并没有啊。”

“抱歉问了这么奇怪的问题。因为我是‘看得见’的体质，故人正很生气地说：‘太丢人了，不要看啦！’啊，不过，就算生气还是很美丽呢。”

我没有任何怀疑，不由得也循着青年的视线回过头。

刹那间，我好像看见了气得涨红了脸的葵小姐。

今天的校对部像往常一样安静。晌午过后，校对部内弥漫着与外界完全隔离开来的崇高静寂，却在正宗出现后被打破了。

“大家好！我是凹版印刷的业务员正宗！”

“正宗，你吵死了！以为自己在外送拉面吗？”

即使被资深的校对大叔这么怒吼，正宗依然面不改色，说着“对不起”然后走到我旁边。

“部长，印好了！虽然已经努力减少错字，但因为是在机器可以辨识的范围内扫描文字，所以还是免不了有几个错字。还请您仔细检查吧。”

“谢谢你。”

我从他手中接过崭新的校样。

“是新人作家吗？没有听过这位作家的名字呢。”

“嗯，虽然她已经不是新人了。”

这是我自己花钱印刷，并不打算出版上市的单行本校样。因为没有电子文档，所以我请印刷厂从纸稿扫描成电子文档。

见正宗走向杂志校对组的大桌子，我才打开校样。同时，河野拿着 *K-bon* 的校样走过来。其实也不需要觉得心虚，但我不由自主阖上校样。

“哎，部长，这个说明是对的吗？”

河野少见地悄声说话，在我面前放下校样，用有着闪亮亮指甲的指尖指出她感到疑惑的地方。是连载小说中关于腹股沟癣的描述。怎么又让女孩子校对这种内容呢？

“我查过了，这种霉菌好像不会感染到阴囊呢。如果阴囊会痒，那是阴囊湿疹。可是，书上写着腹股沟癣‘很少会感染到阴囊’，受感染的可能性极低。我应该保留，还是修改？我觉得这是很敏感的问题，要是作者说的是事实，我随便用铅笔修改的话，可能会伤害到作者的自尊心嘛。作为同龄的男人，部长觉得呢？”

“那就保留原样吧。”

应该说，你体贴的方向完全错了哦，河野。

河野在我面前用橡皮擦掉铅笔写下的注记，突然间说了句“好漂亮的名字哦”。

“啊！腹股沟癣吗？”

“不是啦！我是说那位作者的名字。真难得看到部长负责文艺作品的校对。”

“啊……嗯，因为发生了不少事情。”

大概是不自觉露出了遥望远方的眼神吧。河野也模仿我的表情说：“发生了不少事情吗？”

“部长，感觉你有一段很复杂的过去呢。”

“是吗！我看起来像那种人吗？”

“因为你表现出来的稳重和斯文，感觉就很可疑嘛。说不定很会惹女人哭泣。”

好敏锐的观察力啊！不不不，才没有呢——我笑着想打哈哈，河野却立刻指出：“看吧，就是现在这样。”我忽然想起之前的对话，问她：

“对了，河野，你之前说过灵魂会回收再生吧？你觉得人死后最快多久就会回到这世上？”

“大概五十天吧？”

“好快！七七四十九天结束以后，转天马上就投胎了吗？”

“一天就够了吧，因为现在什么都现代化了啊。”

“真奇怪……”

“部长才奇怪呢。”

河野拿起校样离开后，我看向桌上的月历。要是相信河野的理论，葵小姐最快再过二十天就会重新诞生到这世上。如果这一次她也投胎为人类。如果这一次再度成为作家——

心怀祈求，我再度打开永远也不会问世的单行本校样封面。

Extra story

番外篇

皇帝的寝宫

<u>悦子的研习笔记</u>　之十二

【正字】正确的字。通常以《こうき（汉字太难了我不会写）字典》为基准。例如“掴”的正字是“摑”，“噛”的正字是“嚙”。景凡社在出版文艺作品的单行本时，只要作者没有特别指明，都会用红笔校对正字。但如果是杂志，直接维持俗字（正字的反义词。有时还会写简字）下印也没关系。不过，还是尽可能改为正字比较好。

——我要去见见你那些外遇对象。

只留下一行留言，妻子亮子就离家出走了。不是挑本乡不在家的时候，也不是趁他洗澡的时候，一早起床，亮子就不见了。从前去法国时本乡买给她的老旧旅行箱从储藏室里消失了踪影，打开衣柜一看，也随处可见冬季衣物被带走的痕迹。

这下可怎么办?

尽管四下无人，本乡还是佯装平静，静静地掩上衣柜门扉。但是，心跳明显加快，腋下也开始冒汗。

他并没有外遇。无论本乡怎么解释，恳求亮子原谅自己，但亮子始终不相信，也不肯原谅他。过去犯下的唯一一次错误，多年来一直都啃蚀着亮子的心灵吧。

这种时候该怎么做才好？本乡并没有可以商量的对象。大学母校悬疑推理研究会的同窗们口口声声说着本乡是母校之光，因为他成为职业小说家出道以后，三十年来持续都有作品出版问世。但是，其实心里都巴不得本乡早日从他们可望而不可即的可谓圣域的文坛上跌下来。要是本乡回到研究会，他们肯定会一派悠然地露出得意扬扬的笑容说："看吧，你果然没有'真正的才能'。"听说女人间的嫉妒很可怕，但是男人间的嫉妒更是根深蒂固，棘手又难缠。相同领域的作家们表面上相处融洽，互相称作朋友，其实也是竞争对手。聊天的时候除了谈论工作，绝不会触及彼此的私人生活。

看到挂在墙上的全身镜里，自己身上灰色T恤的腋下部位因为汗水变了色，本乡心想总之要先冷静下来，于是走到一楼客厅，坐在椅子上点了烟。接着，打开一直放在餐桌上的黑色皮革日程本。

"凶器：干冰""冻伤的温度？""推定死亡时间有改变吗？"

……拿错了，这是为写小说而准备的伏笔记录簿。明明四下无人，本乡还是极尽所能地佯装平静，一脸若无其事地把伏笔记录簿放回桌上，再打开另一本款式相似的本子。漫不经心地确认近几天的行程，然后惊觉到某一件事，本乡皱起眉头。

……糟了。

明天明坛社的编辑会送校样来家里。

平常若有编辑上门，都是由亮子招待他们。如果说亮子感冒没办法接待他们，这个借口行得通吗？但是，以前不管有没有感冒，甚至是得了流感，亮子照样会出来露脸，也因此曾经把流感传染给编辑。那时候真是对不起他们。

本乡把变短的香烟按熄在烟灰缸上，等着前端的红色火光完全消失以后，才走到作为工作室使用的书房。打开电脑，点开邮箱，写了封电子邮件告诉明坛社的责任编辑，亮子因为流感卧病在床，所以不用亲自跑一趟，直接用传真把校样传过来吧。记得之前被亮子传染了流感的人，也是这名男编辑。按下寄信键，打开将变作校样寄过来的电子文件原稿，故意摆出确认的动作，过了五分钟后，收到“我知道了”的回信。时间显示为十二点十五分。这个时间对编辑来说还是早上。

那么，这下子可怎么办？

本乡再一次在心里嘀咕，仰望天花板。与此同时，电话响了。铃声响了几次以后，转入传真模式。放在书桌角落的一体式复印机吐出了一叠A4纸，是在周刊杂志上连载的专栏校样。拿起校样，本乡忽然想到。

好像只要按时吃药，流感一周左右就会好吧？

但亮子真的会在一周内回来吗？万一没回来，被编辑们乱嚼舌根，自己在业界以“疼爱妻子”出名的好丈夫形象不就毁于一旦？出版圈本来就小，编辑们的嘴巴更是和刚交完稿的作家身心一样松。

这可怎么办？烦恼的同时，他也发觉自己并不那么担心妻子离家出走，反而是绞尽脑汁在设法保全自己，不由得对自己有些厌恶。预想到接下来一小时左右，都无法好好集中精神工作，本乡便从信件收纳盒里抽出昨天刚收到的文艺杂志，用拆信刀切开封口。瞥了一眼目录，顿时感到疑惑。连载阵容当中，少了有森树李的名字。接着又发现角落补充了一行小字，说明有森树李因身体不适暂停连载。

对啊，还有这一招。

本乡站起来，把手机、钱包和烟塞进口袋，再走进卧室，拿了好几件内裤与衬衫就往行李袋里头塞。

因为平常会请编辑开车载他到高尔夫球场，所以责编们都知道他的爱车宝马 M6 Cabriolet 的车号。作家与编辑的行动范围不仅小，甚至会彼此重叠，要是被他们发现自己的车子停在某个停车场，就会被发现“本乡大作人在某某地方”。本乡来到马路上拦下出租车，怀着成为逃犯的心情眺望窗外。如果是坐电车长途旅行，就会更有在玩逃犯游戏的真实感，但出租车不到十五分钟就抵达了目的地，还没酝酿好悲壮的情绪就不得不下车。本乡心情郁闷地站在帝国大饭店的柜台前，这里也是他和妻子两人初次结合的所在。请熟悉的服务员确认亮子是否下榻这间饭店，得到“没有”的回复后，本乡大失所望，现在他一点头绪也没有。

“之后夫人也会过来，我先进房间吧，和上次一样，1228号房。”

“知道了，本乡先生。和往常一样1228号房对吧？请问您这次预计会待上几天呢？”

“我想想……就先订两个星期吧。”

“请问需要预约用餐，和为夫人预约SPA吗？”

别多管闲事。已经在这里工作多年，年纪也有四五十岁的服务员铃木并没有恶意，但本乡还是忍不住在心里咒骂。勉强隐瞒了“妻子失踪”的事实，在对方的带领下走进房间，房门关上的同时，本乡一头倒向床铺。接着从口袋里掏出手机，躺在床上查看电话簿。他试着从成排的文字中找出亮子可能会前往的地方，但老实说一点头绪也没有。他翻个身改变姿势，仰望天花板。

——我一定会让您成为日本首屈一指的作家。

事隔多年，本乡忽然想起了亮子说过的誓言。

——所以，请让我留在您的身边。我会全心全意帮助您。

说着这些话时的亮子双颊绯红，表情泫然欲泣，哪有人拒绝得了她呢。可是，他都还没有成为日本首屈一指的作家，她现在究竟跑到哪儿去了？

会认识亮子，是因为本乡母校J大的悬疑推理研究会，与从前就频繁交流的亮子母校圣妻女子大学的文艺同好会，共同举办了两校校友联合健行。J大悬疑推理研究会的水平远远比不上W大和K大，除了本乡以外，没有其他毕业生成为职业小说家。因此在健行活动上，刚出道的本乡俨然成了圣妻女学生的偶像。走到哪里都有人簇拥，待遇堪比当红偶像，仿佛他也是“田原三重唱”[①]的一员。感受着男人们枪林弹雨般杀气腾腾的嫉妒眼神，不可否认他当时完全沉浸在世俗的优越感中。

J大的悬疑推理研究会成员多是理科学生，他们写的小说比起小说更像是“技术文件”。他们悉心钻研各种悬疑推理小说的写作技巧，却并不擅长描写人物。与他们相比，本乡更善于描写“人物”和“情节”。尽管身边的同侪全把他贬得一文不值说:“你写的东西才不是真正的悬疑推理小说！”但他还是在二十七岁就出道了。哪怕走邪门歪道，能成为职业小说家的人就赢了——本乡是这么认为。

① 田原三重唱：指上世纪八十年代三名杰尼斯旗下成员因出演《三年B班金八老师》而走红，便组成“田原三重唱”，分别为田原俊彦、野村义男和近藤真彦。——编者注

但是，出道后过了五年，本乡却始终没有半本作品大卖。当时年轻的小说家只要顶着这个头衔，（酒吧的）女人们就会猛献殷勤，因为会让（酒吧的）女人们很高兴，编辑就也带着本乡走进一家又一家店。只要有一个小说家在场，所有酒钱都可以向公司报销。为了喝酒吃肉、大啖美食，本乡一直被编辑们当作幌子，五年来跟着他们吃吃喝喝，自己也一点一点地向下沉沦，恍然回过神时，他都已经三十出头了。悬疑推理研究会的同侪个个都在任职的企业里身居要职，负责培训年轻的下属。同年龄的女人们也早就生了孩子，甚至有些孩子已经要上小学了。

我这几年到底都在干什么啊？

世界突然褪色成黑白，化作令人不敢直视的现实，摊在本乡的眼前。就是在这时候，他接到了亮子的电话。五年前他在联合健行活动上把电话号码告诉了许多女学生，好一阵子每天晚上都会接到电话，但是一年后、两年后，甚至是五年后还会打电话给他的人，就只剩下亮子。

——嗨，好久不见啊。

本乡尽己所能地摆出高傲的姿态说。在会打电话来的女学生中，亮子特别内向。尽管和其他女学生约会过了好几次，他却还从来没有和亮子两人单独见过面，五年来一直只维持着打电话的关系。

——本乡先生，今天是您的生日吧？

——是啊。

——生日快乐。

三十二岁的生日没什么好庆祝的。听见电话另一头颤抖的声音，他不禁苦笑，回答她“谢谢你”。

——你现在多大了？

——今年二十四岁。

对话没有继续，两人都沉默下来。有没有男朋友啊——正想像个洒脱的男子汉开口这么问她时，另一头传来简短的“请问”这句话。

——一会儿我会到一服广场等您。直到本乡先生来为止，我会一直等您。

啊？那是哪里啊？但在他反问之前，电话就挂断了。

听起来像是某个购物商场的衣服广场，原来是指“一服广场”。因为不晓得亮子在说什么，本乡打电话请教了编辑才知道。在邻近日比谷公园的一处角落，因为“服”与“福”同音，所以年轻女孩子都认为这里是能够得到幸福的场所，转而变成相信这里是可以实现恋情的地方。

类似于一起在井之头公园搭船，恋爱就会实现这种迷信吗？不对，还是搭了就会分手？搞不清楚是哪种情况。

年轻女孩才有的青涩让人感到很难为情，好像连皮肤底下都痒起来，但本乡还是决定先前往编辑告诉他的地点。晚秋的黄昏时分相当寒冷，走下出租车时他心生后悔，早知道该穿大衣来。

东京的夕阳已经完全西下，一服广场出乎意料的广阔。天气寒冷，还是有不少人来到这里。环绕着小小的喷水池，成双成对的情侣坐在散落于四周的长椅上，肩膀挨着彼此。他们一定正用轻柔的嗓音互相说着甜言蜜语吧。人虽然来了，但本乡完全想不起来只在五年前见过面的亮子长什么样子，而且天色也暗了，根本看不清他人的长相。本乡闲得发慌，掏出口袋里的烟，想用镍银合金材质的Zippo打火机点火。但是，打火石似乎在不知不觉间用完了，打火轮转不动。本乡啧了声，同时用力关上盖子，这时候听见一旁有人小声说："请问……"是年轻女孩的声音。

"亮子？"

"是的。"

当年她是这么美丽的女孩吗？黑暗中雪白的肌肤仿佛在发光，本乡好像失了魂似的望着年轻女孩的脸庞。

"本乡先生，祝您生日快乐。"

"谢谢。"

答完又是一阵沉默。本乡突然觉得很害臊。被小自己八岁的女孩子叫来“恋情会实现的地方”，还庆祝自己的生日。

“原来没有什么差别呢。”

亮子目不转睛地端详本乡的脸庞后说。

“什么意思？”

“我还以为不红的作家，看起来会更疲惫和憔悴呢。”

“……”

“啊，对不起对不起，我不是那个意思！呃，我只是以为可能会再瘦一点，啊……”

惊觉自己说的话很失礼，亮子神色慌张地解释。不是那个意思是哪个意思呢？本乡并没有因此感到不悦，笑了出来。

“不红是事实没错，但只要出一本书，就可以拿到能生活半年的版税。杂志不时也会来约稿，所以还有稿费的收入。而且身为作家，编辑们也经常请我吃大餐。”

听了本乡的回答，亮子却露出了不满的表情。原来是这样啊——本乡这才意会过来。这个女孩以前也参加过文艺同好会。她是想亲眼看看因为只有自己一个人在这个圈子里成为作家就因此自以为是的男人落魄的一面吗？对于自己没有察觉到对方的意图，就像个傻子一样地赴约，本乡有些懊恼。

“您都去哪些地方吃饭呢？”

亮子带着不服气的表情问，本乡遂指向自己一抬头就看见的建筑物，回答：“比如这里面的餐厅的法国料理。”指尖前方，耸立着帝国大饭店。看着全日本最顶尖的高级饭店，亮子咬住下唇。这样啊。看到他没有想象中穷困潦倒，那么不甘心吗？那就让你见识一下吧——本乡想到了一个非常狡诈又冷酷的主意，挂上假笑。

“刚好我肚子也饿了，亮子，不如我们一起去吃顿饭吧？”

“……”

“别担心，当然是我请客。”

本乡调动起全身的每一寸肌肉来装腔作势，伸出掌心推了推亮子的后背。

如今，本乡正独自一人在同一间餐厅里吃着晚餐。餐点很美味，他却食不知味。

那天，亮子吃了一口主餐的肉，说着“真好吃”就哭了出来。本乡不明白发生了什么事，狼狈地急忙问她怎么了，亮子却只是一再重复说“没事”，离开餐厅以后，就把手上的纸袋直接塞进本乡怀里，转身掉头就走。虽然本乡追了上去，但早已看不见她搭上的那辆出租车。

搞什么啊？本乡有些愤慨，自己也坐上出租车，在后座歇了一会儿后，才察看纸袋里的东西。里头放了两个大容量的保鲜盒，和用红色蝴蝶结与圆点图案的透明塑料袋装起来的小蛋糕，包装非常可爱。本乡心跳漏了一拍，打开一起附上的心型卡片。

——我请母亲教我，努力做了这些菜，希望会合您的口味。生日快乐。我真的很喜欢您！

刚才因为生气有些加快的心跳，在那一刻变成了强烈的后悔。

“这位客人，请问不合您的口味吗？”

前来倒葡萄酒的男侍者问道，本乡才发现香草烤羔羊排还有一半没吃完。

“不，是我在想事情。不好意思，我会吃完的。”

“真是抱歉，我不是有意要催促您。那请慢慢享用。”

出神地望着男侍者离去的背影，本乡突然真切地感受到了妻子不在的现实。

亮子，你在哪里？

那个时代还没有手机也没有网络，本乡从来也只接过亮子的电话，但不曾主动打给她。所以，他既不知道她的电话号码，当然也不知道她家住在哪里。

深夜，本乡在自己一人居住的公寓里，吃了保鲜盒里已经冷掉的炸鸡块和变硬的汉堡排。吃了一口当作配菜的冷冰冰的马铃薯色拉，他随着翻涌而出的泪意一起咽下小黄瓜。

得向她道歉才行——心里虽然这样想，却苦于没有与她联系的渠道。

但是出乎意料地，道歉的机会很快就来了。一周后的傍晚，亮子又打了电话来，声音听来很僵硬。

“本乡先生？”

颤抖的语气无疑出自亮子。本乡不由得用力握住话筒，响应地唤了声“亮子”。

“上星期很对不起。你做的汉堡排、炸鸡块、煎蛋卷、炖羊栖菜、马铃薯色拉和玛德莲蛋糕都非常好吃，谢谢你。”

“那不是玛德莲，是杯子蛋糕啦……”

虽然很微弱，但感觉得出亮子在另一头笑了。本乡如释重负，紧握着话筒的手心也放松了力道。

“您现在在工作吗？”

“不，目前手边的工作都不急。”

面对再次到来的沉默，本乡犹豫不决。他终于道歉了。但是，总觉得光这样还不够。

“亮子，一会儿能在你之前说的那个地方见一面吗？”

“好。”亮子在电话另一端立即回答。果然她一直在等他开口吗？挂上电话，本乡急匆匆地准备外出，心想对方可能也要花点时间准备，所以这一回改搭地铁前往日比谷。但是，当本乡抵达广场的时候，亮子已经到了。身穿红色大衣，小脸埋在白色围巾里，样子像个少女。

“你动作真快。抱歉让你久等了。”

“没事，我刚才在银座的咖啡厅，是向店家借了电话。”

两人走到无人的长椅坐下。望着喷水池，亮子断断续续地针对本乡的工作提出问题。本以为既然隶属文艺同好会，她应该也在写小说吧，但亮子表示她只喜欢看，自己并没有动笔写过小说。那时本乡共出版了五本书，通过先前的电话往来，本乡知道亮子看过自己所有的作品。她的感想是很有趣，但本乡不知道是不是真心话。

“我到底缺少了什么呢？”

说着说着，本乡开始为自己无法成名感到痛苦，忍不住仰头看向天空。都市的天空看不见星星，隐隐透着紫色的苍穹象征着已经进入黑夜。

“我认为，是人类的不洁。”

“啊？”

这是并不期望回答的问题，所以听到意料之外的答案，本乡转头看向年轻女孩的脸庞。瞬间，她的唇印上了自己的唇。

——我一定会让您成为日本首屈一指的作家。所以，请让我留在您的身边，我会全心全意辅佐您。

双唇在分开时发出了湿黏的声响，然后亮子一脸泫然欲泣地说。本乡震惊得半晌说不出话来，没有答应也没有拒绝，只是把手放在她的肩膀上。亮子弹也似的站起来，离开了现场。第二周，不知道向谁问了地址，公寓大门的门把上又挂着纸袋。里头放了保鲜盒，和针对他至今的著作所写下的长长的修改建议。

从亮子的修改建议，可以看出她的阅读量非常庞大，涉足了各个领域的文学作品，本乡一字不漏地认真看完。最后的结论写道，只在悬疑小说这个领域闯荡的话，绝对赢不了那些先驱作家，但是只要和任何人都还没尝试融合过的领域融合，一定可以闯出一片天。而那个领域，亮子认为就是情色。

本乡把自己那时候文艺杂志委托创作的短篇小说原稿重新看了一遍，心想既然引不起话题，那就试试看吧。于是重头改写，加入了大量的煽情场面，在截稿日交给编辑。

“发生什么事了吗？”景凡社的年轻编辑在看完原稿后这么问。狭小的咖啡厅内弥漫着香烟的朦胧白雾。

——您的写作风格彻底改变了呢。但是，效果很不错。

长得有点像香菇的年轻男子在桌上收起稿子，说着“失礼了”，就拿出口袋里的香烟点火。本乡也跟着叼了一根烟。

——很不错吗？

——我觉得转换后的风格很好，虽然还不知道大众能不能接受，但您能用这个风格写出系列作品吗？我会和总编辑商量看看，您觉得呢？

本乡大吃一惊。至今虽然一直在杂志上刊载作品，但都是无法出版成单行本的短篇。如果要写成系列作品，就会变成连载，最后还能出书。本乡感到难以置信，想起了亮子信上的内容。

“夫人尚未与您会合吗？”

正想前往健身房，柜台服务员铃木叫住了本乡。自从住进帝国大饭店，也就是从亮子失踪以后，第二周也已经过了一半的时间。这混账，真爱多管闲事。

本乡也知道，自己的失踪在出版界造成了不小的骚动，尽管暗中向景凡社校对部的那个年轻女孩求助，却没有收到任何回音。花钱请她们吃了翻转苹果塔，结果只被臭骂一顿。真是的，现在的年轻女孩真没教养。所有年轻女孩都该向亮子看齐才对。

“还没呢。如果她到了，再麻烦你带路吧。”

本乡答完，正想抬脚离开，铃木再度叫住他。

“本乡老师，请问下一次新作品的发布会设在哪里呢？”

“这是秘密……嗯？你看过我写的书吗？”

“是的，其实全都拜读过了。”

为了验证他不只是嘴上说些场面话，本乡问铃木最喜欢哪一本。

“我最喜欢《蝶之瞳》。”

听到铃木举出单行本和文库本皆已绝版，相比较而言不那么有名的著作，本乡十分意外，内心一喜，同时却也感到苦涩。

“内人也说她最喜欢那一本。”

小说内容是男主角与外遇的对象一起逃避现实前往法国，品尝各地的美食，所以当时他还带着亮子一起去法国取材。那阵子出版业仍依依不舍地紧攀着泡沫经济的尾巴，还是最赚钱的时候。真怀念啊。

“是啊，夫人也说过，希望有一天还能像那样去旅行。她还说了，希望这次是在国内。”

这样啊——本乡点点头，却因为铃木的话注意到了什么，忍不住问:

“咦？什么时候？”

“就在前不久，夫人来做 SPA 的时候。”

铃木意味深长地凝视了本乡的脸庞片刻后，就轻轻颔首致意，迈步离开了。虽然想追上去问，但这样一来亮子失踪一事就会曝光。都到了这种关头还顾着自己的面子，本乡真对自己感到失望，但马上放弃去健身房，急忙赶回房间。紧接着，重新看起校对部的年轻女孩校对过的亮子的留言。

——我并非鳗不在乎。我的忍耐已经超越界县了。我要去见见你那些外遇对象。要不要溜下来看家请你随意。亮子——

鳗→满。界县→界限。超越→超出？溜下来→留下来。

看了那么多书，还为本乡提供建议，要他转换风格，更成功提升了本乡在出版业界的地位，难以想象亮子会犯下这么简单的汉字错误。事到如今，本乡才惊觉到这一点。从在稿纸上写作变成在电脑上打字以后，自己就不再那么在意汉字的对错了。他懊恼得想痛捶自己一拳。

鳗鱼，是本乡唯一不敢吃的食物。但是，去年亮子拿着她特别喜欢的一本杂志给他看，说："我想去宫崎吃鳗鱼。"你明知道我不敢吃鳗鱼——当时就快截稿了，变得暴躁易怒的本乡非常冷漠地拒绝说"不行"。

回想起来，本乡才发现自己已经很久没有和亮子一起旅行了。自从为了二十年前出版的《蝶之瞳》一起去法国取材以来，两人没有再一起旅行过。那天被强吻后又过了一年，本乡在景凡社出版的作品第一次加印了。以此为契机，本乡与亮子结了婚。三年后，本乡又获得了一年选拔两次的五十六奖。自此之后，连载从来没有中断过，只要一部作品连载结束，又开始动笔写新作品的约稿。

如此日复一日，就只有那么一次，他与赤羽的女公关犯了错。外遇一事很快被亮子发现，本乡一而再地向几欲发狂的妻子磕头道歉。我再也不敢了，我只爱亮子一个人——他不知道发誓了几百遍，口水都要干了，亮子还是不愿意相信他。直到现在，心里还是没有原谅他。因为丈夫外遇，日渐消瘦的妻子终究敌不过自己的妄想，才留下了这张字条——本乡本来是这么以为，但是——

她该不会真的只是想吃鳗鱼而已吧？

亮子极少自己主动要求什么，也从来不曾在丈夫写作的时候，甚至眼看就要截稿了，还像那样百般央求。事到如今，他也才惊觉这项事实。

我到底在干什么啊？

本乡整个人倒在床上，望着天花板好一会儿。几乎没有踏出过家门、也不会用网络，而且没有手机的亮子，在走出家门时到底有多么不安无助呢？光是想象，本乡的眼泪就掉了下来。不对，哪里不安无助了，大概一心只想着要吃鳗鱼吧。本乡用指尖揩去流下眼角的泪水，叹了口气坐起来。然后，开始收拾房内散落一地的行李。

虽然漫无目标，但既然亮子说过，想在国内展开一次和《蝶之瞳》相同的旅行，那十之八九是去了至今在本乡著作里出现过的地名。

走出房间，搭上电梯，从皮包里抽出信用卡，告诉前台他要退房。铃木笑容可掬地接下信用卡，打出住宿明细单。

“小心慢走，祝您旅途愉快。”

把铃木递来的信封收进内里口袋，本乡点一点头，走出正面玄关，坐上出租车。然后告诉司机，去东京站。